彩绘诺贝尔

花は眠れない
花未眠

[日]川端康成 著
陈德文 译　马钰涵 绘

SPM 南方传媒 ｜ 花城出版社

中国·广州

图书在版编目（CIP）数据

花未眠 /（日）川端康成著；陈德文译；马钰涵绘. — 广州：花城出版社，2023.5
（彩绘诺贝尔）
ISBN 978-7-5360-9889-3

Ⅰ. ①花… Ⅱ. ①川… ②陈… ③马… Ⅲ. ①散文集－日本－现代 Ⅳ. ①I313.65

中国国家版本馆CIP数据核字(2023)第041733号

出 版 人：	张　懿
责任编辑：	林　菁
责任校对：	梁秋华
技术编辑：	凌春梅
封面设计：	林卡伊
全书供图：	马钰涵

书　　名	花未眠 HUA WEI MIAN
出版发行	花城出版社 （广州市环市东路水荫路11号）
经　　销	全国新华书店
印　　刷	广州市岭美文化科技有限公司 （广州市荔湾区花地大道南海南工商贸易区A幢）
开　　本	880 毫米 × 1230 毫米　32 开
印　　张	7　1插页
字　　数	95,000 字
版　　次	2023 年 5 月第 1 版　2023 年 5 月第 1 次印刷
定　　价	58.00 元

如发现印装质量问题，请直接与印刷厂联系调换。
购书热线：020-37604658　37602954
花城出版社网站：http://www.fcph.com.cn

目录

1	温泉通信
9	燕子
18	温泉六月
23	新东京名胜
40	我的伊豆
46	初秋四景
51	山中湖畔听鸟记
59	狗与鸟
66	哀愁
80	花未眠
87	春
90	古都
95	巴黎乡愁
104	秋之野

112　夕之野
121　美的存在与发现
165　东山魁夷
207　1968年度 川端康成荣获诺贝尔文学奖授奖式欢迎辞
213　译后记

◆走近作家
◆名言积累
◆知识闯关
◆趣味拼图

温泉通信

是白羽虫漫天飞舞吗？哦，是春雨。

"要是天晴，可以采蕨菜了。"女佣说。四月八日。

彼岸樱，白玉兰，此外还有好多种花都开了。雨蛙叫了。狩野川也该有小香鱼了吧？去年，曾经指着菜盘里的炸鱼，问女佣是什么鱼。女佣立即拿来配菜师的信。

"送去的是小香鱼，这是秘密。"那是解禁前有人偷捕来的。不过那时节牡丹花已经开了，今年为时还早吧。

山茶花开得正盛，纵然露出随时凋落的样子，但实际上却是顽强的花。今年新年一过，我和本所①"帝大"②福利团

---

① 东京墨田区地名。
② 东京大学的前身。

体的学生们,到净帘瀑布①旅行。一路上,不断地向河对岸投石子儿,企图打落树上的花朵。用力投出的一枚石子儿,飞得很远很远。然而,四月初走来一看,依然开着花儿。我和武野藤介君两人又投石子儿。新年时节不曾凋谢的花朵,到了四月,纷纷掉落在溪流里了。

或许是山区吧,经常下雨。下一阵子,晴一阵子。凌晨两点,打开浴室的窗户向外一瞧,又下雨了吗?不,满地月光。白色的雾霭羞羞答答地在溪流上空徘徊。"莫非初夏了吗?"猛然想起,还是四月初呢。空气清澄、枝叶丰蕤的山间夜晚,经细雨和月光两度洗涤,爽净而安适。

这雨后的夜月之美,实际上是经常体验到的。同旅馆的女人们一道去参加地藏菩萨节,众多的提灯似乎被人忘在了田圃里。去时落雨,归途月出。山谷里烟霭萦绕。这年冬天,我和中河与一君全家乘马车去吉奈温泉,那天也是下雨,接着转晴,又见月光和雾霭。

---

① 通称净莲瀑布,位于静冈县东部狩野川上游,天城山地区第一名瀑。河水悬于巨岩之上,高25米,宽7米,气象宏大。

"月亮也在移动哩！"

某年夏夜，坐在这家旅馆后面的河边亭子内，不知是谁对我这么说。身边，东京来的孩子们，竞相转动着烟花香火，描画出巨大的火圈儿。

"要说会动倒也怪。不过，每天晚上坐在同一个地方观察月亮，才知道那月亮的轨道确实在一点点移动。"然后举起手来，"昨晚经过这个树梢，前天夜里——"

但是，在汤岛看不到硕大的月轮，也看不到像样儿的朝阳和像样儿的落照。因为东西都是山岭。早晨，首先看到西边山峦裹上阳光明丽的霞帔。太阳于那霞帔的边缘，沿着山坡滑行，扩大，渐渐升高。夕暮，东边的山峦又裹上霞帔。即便汤岛的山脱去云霞，天城峰也还不肯脱去。

要想观赏朝阳和落日的色彩，可以站在国道上仰望远天的富士山。富士山既浸染晨光，也浸染暮色。

星空褊狭。

嗨——呀，

嗨——呀。

打声招呼

举起手，

无忧无虑的孩子一起来，

后边的竹林摇动不息。

这是村中小学校女孩儿的歌。

没有比竹林更加亲近阳光的了，凭着那番寂寥和深思的柔细的感情。京都郊外，竹林千里，虽说并非如此，但这里的河岸、那里的山腹，几处稀稀落落的竹林愀然而立，自有一种娴静的风情。我经常躺在枯草里眺望竹林。

从向阳的一面眺望竹林是不行的，应该从背阴里看。那煌煌然蕴蓄于竹叶内部的阳光该是多么美丽！我的心为竹叶和阳光亲密的光的嬉戏所吸引，随即堕入无我之境了。日光纵使不很明丽，那种将竹叶透映出淡黄色的光亮，也会使得孤寂的人儿对那种色感辄向往之，不是吗？

我自己也变成那片竹林的心境了。一个月里几乎都未和人对话，犹如空气一般澄净，忘记了自己感情和感觉的门扉的开合。

然而，时时袭来孤独的寂寥，闭起眼睛，咬着睡袍的衣袖，闻到泉水的幽香。我喜欢温泉的气息。如今在这块土地上住惯了，不觉得什么，以前舍弃车驾，跑下斜坡，接近旅馆，嗅到泉香，我就流下泪来。当我换上旅馆的衣衫，就将鼻子抵在袖口上，吮吸着这样的气味儿。不光是这里，各个温泉街都各自有着不同的泉香。

"我登过那座山的顶峰呢。"

朋友一来，我就站在下田国道上，指着钵洼山说。那座山有三千多米长的斜坡，沿国道一直走到天城岭附近。因此，从这座村子望去，显得非常高渺。就像翻扣的钵子，遍山长满野草。花了四十分钟到达山顶。从山下看起来那些可爱的枯草，上山一看，原来都是齐腰深的芒草。突然，急匆匆钻出五六个割草的男人，奇怪地打量着我。于是自己也觉得自己来登山有些反常，便急急忙忙下山了。那是去年无聊的岁暮。

不久前，我同武野藤介君一起登过后面的枯草山。看上去缓缓的山坡，刚跨出第一步，就变得陡峭起来。望着随时下滑的足跟,然后将视线转向溪谷对面的山腹,那一带山林的梢顶,以一股可怖的力量进逼而来。上山时还好,下山时,胆小的藤介君站在那里,不敢迈步了。

如同面对这个时节的杉树林一样,我面对山野、天空和溪流,时时蓦地打开直观的窗户,一面惊诧,一面浸润于自然之中,伫立不前。我凝神望着那白穗子一般自枝头垂下的花朵,从白花之中感觉到一种深沉的静谧,而且发现白花所持有的病态的疲劳。

我到那里散步,没有一个人影,也看不到一座房子。不仅如此,房客也只有我一人。深夜,楼上无人,猫在西式房间里不停地鸣叫。走过去打开那座房间的门扉,猫跟在我脚下来到我的房间里,爬上膝头安静下来。于是,猫的体臭流进我的脑子,我第一次感知到猫的体臭。

"所谓孤独,或许就像猫的体臭吧?"

猫从膝头站起来,神经质地抓挠着房柱。

一座村庄会不会只有一只猫、一只狗呢?要是这样,那猫或狗直到死都看不到别的猫或狗了。

一条道路出现了。自汤岛嵯峨泽桥附近,同下田国道分离,从世古瀑布方向,通往伊豆西海岸的松崎港。细细的松崎国道加宽了,直通到世古方向。

四月六日,举行这条道路的行车典礼。在别墅的院子里,旅行的人唱起了《安来小调》。

打从庆典的前一天就下起了春雨,今日突然转晴。四月十三日。树干和枝叶,屋顶、鲜花和溪流,各种风物都在阳光的照耀下泛着绮丽的光亮。

(大正十四年①五月)

---

① 1925年。

燕子

你听说过老鼠弹琴的故事吗？——告诉你吧，昨天夜里，我吃惊得从被窝里跳起来了。

这是一家不值一提的山间温泉，楼上一共有二十几个房间。昨晚的房客只有我一人。这倒也不算稀奇。谁知半夜里下起了大雨，屋脊上仿佛有很多人跳舞，脚步杂乱，来回奔突。一个人待在房里，简直像被妖魔所袭击，那是同一种生物——人魔。它始终瞪着眼，老虎一般露出牙齿要咬人，又模仿这座山上的野猪爬山，我只能苦笑待之。不料，抬起眼睛朝旁边一看，刹那闪过人的影像，眼睛似乎也随着人影移动了。于是，不知为何，蓦地缩起身子。不是幻听，而是幻象。天上的云彩，溪谷的石头，障子门，玉兰花，手巾，花

瓶,还有马……看起来都逐渐变成了人脸、人身。因此,大雨敲击屋顶的响声,听起来也像人的足音了。而且,自己心里也明白。但不知为什么,我又想打开挡雨窗看个究竟。就在这时,隔壁房间突然"叮"的一声响起了琴音。没什么,那是爬过横栏的老鼠,掉到琴弦上了。

接着,雨戛然而止。

咻咻咻咻，啡啡啡啡，咻——咻——

是溪谷里雨蛙的鸣声。每每听到这种蛙鸣，我的心中就弥漫着月夜的景色，这条优美的溪谷上晴雨之后的夜景！当然，下雨时有蛙鸣，黑夜中有蛙鸣，昨夜不知是否月出，但今朝一看，却是爽净的晴天。况且又是星期日。我按照星期天的习惯，走访了村中小学校的一位年轻教师。

"瞧那绿色，全都变绿啦！"

他忽然望着野外，一时间滔滔不绝起来：

到了新绿时节，这一带反而觉得十分寂寞。或许住在这儿的人的生活底色，本来就像古旧的茅草屋顶的缘故吧？还有，对我来说，这里带有南国风格的初夏的自然界，略有几分生疏感。只有富士山是例外，那座山的姿容是例外。但这一带似乎是从盛春一跃而跳到了初夏，你没有这样的感觉吗？这里，完全没有晚春或暮春的概念，不是吗？

此外，使得这里寂寥的原因是，这片土地没有艺术。说起艺术，有点儿强人之难，但木曾①有木曾舞，追分②也有追分小调或什么舞蹈，出云③有什么什么，别的地方有什么什么。总之，很多地方都具有渗透这个地方的民谣之类。但是，这里没有一首富于乡土气息的民谣，到了盂兰盆节也不跳盆舞。爬山，拉车或插秧，不唱一首歌，大家都默不作声。即便养很多马，也不骑马，只骑自行车。我调到这座村子来一看，大为惊讶。而且使我想起过去的事。

两三年前，我住在大阪郊外的町镇——现在已经编入大阪市了，在那座町镇的学校里任教。那里有全日本首屈一指的大型纺织厂，厂内的盆舞颇有名气。因为只有厂里的女工参加跳舞，一般是不对外公开的。不过，我在那座工厂的女职工学校里讲课，一旦要跳舞的时候，女工们就分成七组或八组。哎呀，这是干什么呢？我想。原来她们每组跳的舞都不一样。

---

① 长野县西南部木曾川上游一带地方。
② 长野县轻井泽一带地方。
③ 古国名，今岛根县东部地区。

例如，丹波国和越后国等地方盆舞的音曲，以及跳舞时手的动作和脚部的节拍都是不同的。所以只能是各地跳各地家乡的舞，使得各自开出颜色各异的乡土之花。看过几场舞蹈之后，最能感受到乡愁是一番怎样的滋味儿。而且，各个舞场的一角都有大型打靶场，职员们可以练习引弓射箭。射箭者和举靶子的人都躲在白杨树林荫道之间，看不见人影，只能望见煤气灯照耀的光亮的白杨树丛里，流矢嗖嗖而飞。看着女工们的舞姿和流光溢彩的箭镞，我几乎流下眼泪。

来到这地方之后，便时常想起那里的盆舞。我想，这里的姑娘即便到那座工厂上班，如不参加任何舞蹈，就只能呆呆看着别人的故乡之花。其实不然。首先，这边的姑娘不愿到那里做纺织女工，大家都有自己的家庭，离城市很远，正直而善良。然而，身个儿为何都这么矮呢？这个且不说，其次或许生活富裕，人人都不想受刺激吧。这就更使得外地来的人觉得这座村子太没有意思了。这座村子可以说没有恋爱，风俗礼仪都很死板，是个缺少爱情的村庄。——所以，抑或没有前边所说的艺术。只有富士山才是这里的艺术。

你猜怎么着？最近我担当班主任的那班学生——都是普通小学五年级的女生，我叫她们三十四个女孩儿任意画一幅画，结果大吃一惊。以富士山为背景的画，就有二十一幅——

"嗬。"

"我完全惊呆了。从这里望去，远天里的富士的姿影，说是一座山，更像一种天体，于空中隐蕴着一团细柔的光亮。"

年轻教师看我一脸惊奇，继续说下去：

"孩子们或许从富士山的影像中感受到自己的美丽和理想中的姿影吧？而且，画面上总有燕子飞翔。这样的画共有十二幅。"

"燕子？"

"嗯，燕子。这也使我感到意外。我还没有注意燕子是否来了，刚到四月末嘛。然而，孩子们都看到了。细想想，

孩子们依然感知了季节的艺术，我反而太迟钝了。"

这位又作诗又写小说的年轻教师，说着说着笑起来。

"是吗，画燕子的人这么多？"

"是的，有燕子的画面共有十二幅。"

"燕子，就是那种燕子啊。关于温泉的燕子，我也有一段美好的故事。"

于是，我也讲述起来。

"我的一位朋友的恋人是电影演员。两人上学时就很亲密，但一直没有深入发展下去。女子的名字大红大紫之后，一心想离开那个男人。不过，当那位女演员的片子在浅草电影院开始公映时，两个人都去观看了。当时，那部电影中有个场面，女子一副清纯的山村姑娘的装扮，独自一人走下山坡。他俩看到这里，发现银幕一角，有只燕子像流星一般欻然掠过。啊，燕子！女人不由得惊叫起来，遂同男人对视。拍摄这一场戏时，导演和摄影师也许没有注意到燕子飞入镜头，女演员也全然不晓。活动结束后，女人多次告诉男人这件事，'燕子，燕子'，念念不忘。看来，那只倏忽掠过银幕的飞燕的姿影，沉淀在女子的心底里了。燕子在飞翔，那只燕子——眼见着疲惫不堪了,这时便一头栽进男人的怀抱,静静地哭泣起来。那位朋友告诉我,那段山坡戏,就是在这家温泉场拍摄的。

"我很喜欢这段燕子的故事,就像你刚才所说的在舞场看到的箭矢,所以你应该明白我的心境。"

"可不是吗,这座村子三十四个少女就有十二人画下了燕子。"

"燕子。"

"燕子。"

我们一边再次念叨着,一边环视着绿风吹拂的天空。

(大正十四年六月)

温泉六月

站在马路上扬手呼叫马车。六月一日。雇一辆马车由汤岛温泉到吉奈温泉去打台球。来到嵯峨泽桥上,赶车人说:

"今天河里定会挤满黑压压的人群吧。"

今日起,开捕小香鱼。白色的路面落满樱桃,马车像小蛇游泳一般穿过,车轮碾碎了满路的樱桃。到达吉奈温泉,别墅租赁办公处的一位跛脚少女,吧嗒吧嗒爬出来,借给我台球。

吉奈山麓上,生长着难得一见的四五米高的石楠花大树。石楠花是天城山的名产,比起其他地方,长得既高大又茂密。

我在汤岛,看到了美丽的石楠花。

我只能用这样的表现手法。这是白鸟省吾①氏诗中的句子。大都是通红的蓓蕾,粉红的花瓣。据说,也有的花朵是淡黄的,或纯白的。白色的最受珍重。叶子是枇杷叶的孩子,花是杜鹃花中的大妖魔。这种寿命漫长的花,插在我房间的花瓶里,开了将近一个月。从那花瓣儿表面的感觉里,

---

① 白鸟省吾(1890—1973),诗人、作曲家,以流行曲《星空下的华尔兹》最为著名。

我寻找出都会的疲劳。各种疲劳中，来自都会的色彩、形态和声音的感觉的疲劳，对在山里住了三个月的我来说，是最想得到的。因此，修善寺温泉等地方，只能给我带来失望。

这个月中旬，中学时代的同学欠田宽治君和清水正光君，先后差一天从大阪来看我，竟在汤岛不期而遇了。第二天，三人一起去修善寺。我们对修善寺的土里土气大为惊讶。一流的旅馆也是出乎意料的落后。出售的点心没有一样可口的。相反，因为我是从东京来的，他们以为我肯定对修善寺的过于洋气而吃惊并感到失望吧。欠田君在住宿登记簿一写上"大阪市东淀川区"一行字，旅馆的伙计就来问这问那。胡乱将郡部编入日本第一大都会大阪市——三人一起谈论着大阪人如何糟蹋邻近各地的故事。最近，奈良和大津就是很好的例子。大阪人一旦来到这些地方，尤其是花街柳巷，便立即失去古老的情调，变得洋里洋气了。

我从款冬花的花径上，接受了同石楠花相反的印象。时令尚在春天，我沿着松崎国道攀登猫越岭。从山麓向上爬到约莫四公里处，一条类似闪电形状的小路一直通向峰顶。

谷川的源头之水看起来已经干涸，露出雪白的石子儿。溪谷里是种植山葵的水田。一场小规模的山火，使得小路断绝在它的遗迹之中。没有绿树。随处可见的巨大的树干，为了烧炭，都砍倒了。头顶笼罩着冷飕飕的雨云。鼻子依然闻到古老的焦土的气息。那时候，款冬已经发散出香味儿，款冬茎也已衰老。尽管如此，这种花却是这片焦土上唯一的绿色植物。我的祖父非常喜欢这种"款冬小姨"的幽微的苦涩味儿。我时常为双目失明的祖父采摘款冬的花骨朵。——去年四月，我曾经同旅馆里的人到后山采撷款冬花茎。今年去收获山葵。不知是谁写过：采摘山葵是很忧郁的活计，但我不这么想。也许因为它长得像荒原杂草一般繁盛吧。采摘后，将生鲜的山葵连连吃上十多根，不得不说，那种青凛凛的苦涩味儿，实在美妙极了！

但是，款冬花茎和山葵都是春天之物。石楠花也在六月凋谢了。石楠花是五月的花。眼下，身边的白花盛开在红色的根干上。

（大正十四年七月）

新东京名胜

一 浅草

鸽群带着湿漉漉的翅膀飞来，在火焰包裹的御堂的屋顶降下雨来。——大地震时，浅草观音没有被焚毁，可以说完全是个奇迹。浅草对岸的被服厂，当时死了好几万人。与此相反，浅草寺十万人得救。一月收到的香火钱，就达一万五六千元之多。捐助修葺大雄宝殿屋瓦的人们，有十二万人。这一点儿都不奇怪。

第一，观音堂正面，自古设有著名的香火钱箱。长一丈六尺三寸五分，宽一丈四寸六分，高二尺三寸。欲望实在很大。

不过，浅草寺自然也不是一点儿未遭地震破坏。二十四子院和十一堂舍被火烧掉。光是观音堂修缮，就耗费八十一万三千余元，花了三四年时间。因此，观音堂葺上了白铁皮屋顶，工事进行中，还迎来了华丽的复兴节。

但是，在东京，作为"大众游乐场"的浅草，娱乐设施和商店街最早获得复兴。例如，那条商店街什么的，大正十四年十一月基本设施就落成了。——那么，浅草的新名胜是什么呢？

"地震毁掉了十二层宝塔，代之建造了地下铁大楼。"人人都说。

地下铁大楼只有六层，相当于十二层塔的一半。从楼顶的尖塔可以望见富士山和筑波山，是浅草唯一的展望台。高四十米，是浅草唯一安装电梯的建筑。这里很像大阪郊外的电车站，五层楼以下，都是地下铁直接经营的餐馆。

此外，浅草还有三十二三家小型娱乐场，如帝国馆、富士馆、万成座什么的。松竹的帝国馆同日活的富士馆为邻，举行首映式时竞争相当激烈，其壮观的场面在别处是看不到的。例如，今年新年，阪东妻三郎和大河内传次郎的对立，如今又是铃木传明的《进军》和藤原义江的有声电影《故乡》这两大作品互相争夺观众。等待八点优惠票的群众队伍，足有一百米长，两家电影馆都一样。双方定员为一千三四百名，但礼拜天可以达到两千人，是东京最大的电影院。

万成座是表演通俗歌舞的小型剧场。最近新建成的中国或龙宫城风格的馆舍，是浅草六区唯一一座古风的建筑。一汪葫芦池水映照出东洋风情。因为古色古香，反而成为一道崭新的风景。

今年新年的头三天，据说有三十五六万元的金钱花销在浅草的娱乐业上。市场很繁荣，简直不知道什么叫不景气。但三十二三座小屋之间，除电影院，真正像样的建筑只有万成座一座。两层客席的小屋，除电影院之外，也只有这里。娱乐街真正的复兴，还不知道要等到何时呢。

此外，浅草的新名胜，或许还可以算上钢筋混凝土的寺庙，时髦的鸽子舍，以及陆续出现的简易餐馆。还有比银座更加明亮的铃兰灯商店街，新杂货街。不，浅草之新，不在于建筑和风景，而在于人。正是因为人，浅草才永远是新的，永远是新时代的商业区。

二　隅田公园和地震纪念堂

隅田公园是复兴局的骄傲。庭园协会会长本多静六博士说：

"那里的河水多么宽阔而清洁，站在堤上，透过关东平原，一眼可以望见秩父、日光和筑波等山峦，令人心旷神怡。因此，等樱花树长大，公园初具规模，那时就会凭借宽广而优美的风景成为日本首屈一指的公园。不，不仅在日本，还会成为世界一流公园。河滨公园当数华盛顿的波托玛克河、伦敦的泰晤士河、巴黎的塞纳河、布达佩斯的多瑙河，新开辟的有慕尼黑的伊萨尔河，这些沿着河岸建立的公园。从水量、河流之清洁等各方面考虑，可以说隅田公园的风景不亚于以上任何一座公园。隅田公园的樱花，将来必然像富士山和日光一样闻名于世界。"

然而，隅田川的河水一点儿也不清澈。阳光照射下来，水色发黄，没有阳光的地方，水色浑浊如泥。同大阪的新淀

川无法相比。很难遇上一个能望见远山的晴明的日子。樱花还是幼苗，不知何年何月树下才能形成繁花蔽径的通道。问题是，目前只有旧向岛堤岸一侧栽种樱树。

我说："当时沿赛艇的河面这一路线，安设了许多观众席。不过，冬天里寒风劲吹，一言以蔽之，东京人还没有时髦到沿柏油路河岸散步的兴趣。"

抑或这地方不会像大阪中洲公园那般兴旺，不过，我当然也并非没有感受到隅田公园之美。

"比起中洲公园，这里更加现代化。这是直线之美。就像画在白纸上的草图，未经装饰，看来很洁净。是美丽的H。"

就是说，向岛堤和浅草河岸两根直线正中，联结着言问桥。从人流旋涡中的浅草向河岸跨出一步，就觉得天广地阔，处处体会到关东平原的浩瀚无边。从向岛一侧望去，浅草的观音堂、五重塔，还有地下铁塔，显得一派肃穆。尽管河水浑浊，这里却是现代东京的清洁之所。

公园里贴着告示："禁止滑旱冰"。孩子们在举行自行车比赛。公园的工程车满载着儿童奔跑。来到这块柏油铺设的游乐场，不论谁都想跑一跑。

听说向岛八百松饭馆的老板，领过二十万元退休金告老还乡了。向岛的特产长命寺的樱糕和言问团子等商店，都改建成小银行一般的洋房了。往昔向岛的面影亦很难寻觅，但拍电影的班子却争先恐后，进进出出。

从隅田公园和言问桥望过去，河下游不远处的地震纪念堂，简直是一幢傻瓜建筑。总工程费花销了六十万元，神佛混淆的庙宇式样，正面的房顶是中国式三角形，本堂是人字形，后面是三重塔，全部都是钢筋混凝土建筑。屋脊用铜葺，外面敷以赤红色人造大理石——由此可见，建造者力图将古代的寺院建筑和现代建筑聚合在一体。我所说的东京出现一座钢筋混凝土古寺，就是指的那地方。

脚手架尚未拆除，没有涂装，赤红的墙壁尚未着色。在我看来，既沉闷且丑陋。丝毫感受不到和谐的气息。

"再也造不出一处好的纯日本式的建筑了吗？"

"这是如今胡乱引进的美国式建筑在东京的再现。西洋人的东方趣味、殖民地风景——不外乎这个样子。再过十年，人们也许会看惯这座丑陋建筑，它说不定变得漂亮起来呢。"

从大河这边仅仅遥望一下塔的上部，还说得过去。不过，我还是看不出河岸上的同爱病院建设到底有多美。

三　隅田川的桥

我在浅草水族馆见到一位京都学者，对他说：

"我陪伴京都的朋友游逛新东京，乘坐一元钱小汽轮看完桥之后，再来看这里。"

"大凡桥，还是从船上看最美好。水面上看桥内部的钢骨支架，就会领会科学的计算、力的结构等机器文明的现代感。"不用我说，在这春和景明之日，隅田川上的公共汽轮挤满了观赏桥梁的游客。

"清洲、言问、永代桥，皆为东京名胜桥。"这是今春流行曲《复兴小调》中的句子。如果说复兴的东京有值得夸耀的东西，不论谁都会首先举出桥来。

"最近，光风会的展览会上，展出了复兴东京的代表物品。一间展室中的六十幅绘画中，有三十幅画的是桥，这使我深感惊讶。看来，美术家都把眼睛集中在桥上了。"我对京都的友人说。

"还有啊，隅田川上的六座大桥是花了一千万元特别建筑的，造型美观。在新建的三大公园中，隅田和滨町都是河滨公园。建设这种水陆结合的新名胜，可以算作复兴局的一大功劳。于是，东京市民重新想起了水。江户时期，有好多所水的名胜。但长期以来，东京竟然忘却了水。如今，这水又以崭新的姿态复活了。"

有两家轮船公司经营游览桥梁业务。上游从浅草的吾妻桥到千住大桥，下游依然从吾妻桥到永代桥。如今船钱虽然五元，但仍旧称作"一元汽轮"，可见人们多么留恋过去嘭嘭喷气的小轮船啊。这种船不太合乎现代建筑的大桥，反而显得愈加风流。船尾的甲板上设有长凳。在这驶往河下游的船上，可以游览驹形桥、厩桥、藏前桥、清洲桥和永代桥。这五座桥，加上上游的言问桥，隅田川上有六座大桥——其中的代表当是言问桥和清洲桥。

"清洲桥是东京诸桥中的美人。"人们都说。清洲桥假如是女子，那么言问桥就是男子。如果说清洲桥富于曲线美，那么言问桥则富有直线美。言问桥同两岸的隅田公园十分协调，是单纯、有力而又宽松的散步场所。

就像言问桥和隅田公园一样，每座桥都以河岸为背景，愈加显得美丽。例如，藏前桥东岸，有东京同爱纪念病院、本所公会堂、安田庭园，但西岸的卷烟厂被大桥一分为二，污秽的厂房里，穿着脏污工作服的女工出出进进。这情景从河面上都能看到。还有，例如浅草青灰色的水泥工厂，真不知使得清洲桥变得有多美丽啊！"天空的云霞，看起来犹如蓦然飘来一缕黑发。"正像泉镜花氏所说，微风拂拂之中，垂挂着一串东西。那就是清洲桥，因为有了水泥厂和河心洲，更加带有现代风格了。再说永代桥，以石川岛造船厂和河岸仓库为背景，具有西洋工业都市的风景。清洲桥有很多白鸥。永代桥已经像河口一般，聚集着众多的船舶。

这些大桥如今都精心打扮，等待复兴节的行幸。言问、清洲建立了奉迎门，藏前铺设了柏油路面。清洲桥还用消防水泵清洗一新。

强有力的钢铁的美丽！

隅田川之外，圣桥、三吉桥成为新名胜。新造了大小近四百座桥梁，东京出现了水都之美。

四　滨町公园与昭和大道

清洲桥的外文名称Suspension Bridge，翻译成日语就是"自碇式连续补钢板支架吊桥"。外行人听起来莫名其妙。如果说是莱茵河上科隆桥加以改建，听起来就感到亲切多了。与此相同，滨町公园的名胜西式凉亭，听说是威尼斯哥

特式建筑，也同样让人感到亲切无比。

滨町公园之所以有西洋庭园的感觉，在于广阔的草坪，稀疏的树木，沙石散步道。面积一万一千坪，一眼望去，一片明丽。如若要寻觅显眼的新景点，大约有三处：理想的游泳池、儿童游乐场和威尼斯风格的凉亭。

儿童游乐场有难得一见的螺旋滑梯和漂亮的沙石场。一位普通人家的妇女，站在滑梯下边说：

"仔细看看吧，无论多么幼小的女孩儿，都穿着肥裤衩子。世道儿真变了呀。"她似乎现在才突然猛醒。

"就连水泥垃圾箱也都造得很时髦呢。"

"草地上有一道用青竹做成的弓形篱笆墙。说到青竹，总是使人感到愉快，其实你知道吗，那是钢铁涂上青漆制作成的。"

"游泳池也像绘画——不，简直就像西洋电影里出现的一般漂亮。夏天，姑娘们或许也都赤裸着身子跳进去。池子建在山丘上，周围树木环绕。"

还有，我指着威尼斯风格的建筑问："那是亭子，是塔，还是厅堂？"没有人明确告诉我。我看到一旁的说明词上写着：这是日本建筑界的恩人乔赛·昆德尔设计的旧开拓使厅舍，其后成为日本银行集会所，大地震时被毁。为了纪念位于永代桥畔的这座建筑，使用残留的部分材料，仿照原来建筑式样，重新建造。大致基于此种意义，复兴局也只姑且称作"建筑"而已。

"总之，这是明治开化时代之地纪念的地方。文明开化时代的纪念地，目前在东京很少，江户时代的面影自然也就泯灭了。"只能做如此一番说明。滨町河岸也是如此，那些吟唱渔港、码头的古代歌谣已成尘梦，如今变为混凝土护岸工程了。远景是原供应巡行午餐的皇家餐厅——千代田小学校，近景是所谓金座街的明治剧场。这条明治剧场旁侧的人行道通往滨町公园的前门，后门大概就是新大桥。可是，明治时代的桥细瘦如柴，看起来犹如古老的骸骨，不变的或许只剩潮腥和鸥鸟了。

不过，较之公园和桥梁，堪称帝都复兴大工程的，自然是区域调整和道路建设。东京全是道路，至少没有街巷，只有这种感觉。一千二百米以上的干线五十三条，例如第一干线道路的所谓昭和大道，长约十四公里，仅工程费就花销四百一十三万元。街道树三千多棵。看到这条大道，才有资格谈论东京的所谓复兴。

因此，我从上野走到新桥，步行于幅宽约四十八米的路面上。要是有人问我印象如何，我将回答：

"我看到了残破的东京，虽然并非没有想到宏大复兴的开始，但东京显眼的伤痕、无法掩蔽的疲惫、刻意造就表面繁荣等，如此的感觉至今依然历历在目。"

五　沿着一号干线

我在这条幅宽四十八米的水泥路上，走了将近两个小时。一进入银座后街的地下室喝咖啡，被户外阳光照得目眩的双眼，好一阵子什么也看不见了。因此，我首先想到的是，街道上茂密的法桐林荫道，到了夏季会使那条路的炎热变得如何呢？接着，我对在那里见面的朋友说：

"什么一号干线道路，有的也就是果子铺和烤白薯店。"我说着说着笑了。

"还有两件小的、可怜的玩意儿：皮肤科病院的庭园，紧挨着道路有个巨大的鸽子舍，养着二三十只鸽子。走进一看，一股紫丁香的气息扑面而来。这是其一。还有一件是面包店，洋铁皮的屋顶涂着猪血般的红漆，连玻璃窗的窗棂都是红的。——好彻底啊，不过这是新东京风格的装饰。附近还有一家涂成金色的金箔店。"

罗列这些小零碎是出于不得已。照某人话说：这一号干线可以和巴黎的香榭丽舍大街以及柏林的菩提树下大街并列。不，其长度更占优势，是新东京的骄傲，新都市美的首要代表。还有人说：如果两侧的小卖店难以维持，也许会长满米荠菜。要是那样，倒不如春天法桐树开始泛绿之际，从上野跑到新桥观赏一番更好。

眼下上野车站正在翻修中。这之前建成的五千坪广场依然杂乱无章。直到和泉桥，引人注目的建筑就只剩纯白色的御徒町邮局了。除了廉价的铜葺的屋顶和土造般的小店之外，一元出租车时代的新景物，较为醒目的只有加油站了。站在和泉桥畔，可以看到扇形的大米交易市场和尼古拉耶堂的圆形屋顶。

第二号干线，自九段越过两国桥横穿和泉桥南广场。

这里的岩本町车站位于六道口，有钢筋混凝土五层楼建筑的估衣市场。从这里向南经过地藏桥，便是浮岛般广植棕榈的草坪，堪称昭和大道上的绿洲。有奉迎门。从铁炮町车站一带，可以望见问屋町的高楼。日本桥相邻的江户桥，也有奉迎门。人行道上挤满了小孩子，都在用粉笔画画儿。日本桥大道后面，西胁银行新建的白色大楼，引人注目。

不久，由东京站八重洲口通往金座方面的槙町线横穿过眼前。槙町干线道路的电线全部埋设在地下。那一带的一号线上还有小型商店街。雇工们正在清洗新京桥的花岗岩。……渡过蓬莱桥，就到了汐留车站，接着便是新桥。

自新桥起始的旧干线上的银座和日本桥——不用说正如常见常新的浅草一样，银座也常见常新。其次，自商业中心的丸之内、政治中心的日比谷至霞关，还有神宫外苑，部分变新的上野公园和九段——东京新的名胜还有一些。特别是可称作"新建成"的景点，大体就是我写到的这些地方。例如，银座不论扩大到何种程度，银座这块地方都不属于复兴局所新建，只属于银座本身的变化。变化的原因，较之地震多数属于时世推移。还有，具有新都市风景的丸之内，凭借地震废墟，反而成为堪称永远不变之地，这倒是挺有意思的事。

（昭和五年三月）

我的伊豆

伊豆是诗的故乡,世上的人这么说。

伊豆是日本历史的缩影,一个历史学家这么说。

伊豆是南国的楷模,我要再加上一句。

伊豆是所有的山色河景的画廊,还可以这么说。

整个伊豆半岛是一座大花园,一所大游乐场。就是说,伊豆半岛到处都具有大自然的惠赠,都富有美丽的变化。

如今,伊豆有三个入口:下田,三岛修善寺,热海。不管从哪里进去,首先迎迓你的,是堪称伊豆的乳汁和肌体的温泉。然而,由于选择的入口不同,你定会感到有三个各不相同的伊豆呢。

北面的修善寺和南面的下田这两条通道,在天城山口相会合。山北称外伊豆，属田方郡；山南称内伊豆，属贺茂郡。南北两面不仅植物种类和花期各异，而且山南的天空和海色，都洋溢着南国的气息。天城火山脉东西约四十四公里，南北约二十四公里，占据着半岛的三分之一。海面的黑潮从三面包围着半岛。这山，这海，便是给伊豆增添光彩的两大要素。倘若把茶花当作海岸边的花，那么，石楠花就是天城山上的花。山谷幽邃，原生林木森严茂密，使你很难想象这原是个小小的半岛。天城山是闻名的狩鹿的场所，只有翻过这座山峦，才能尝到伊豆旅情的滋味。

开往热海的火车时髦得很，称为"罗曼车"。热海是伊豆的都会，它是在关东温泉之乡中富有现代特征的城市。倘若把修善寺称为历史上的温泉。那么，热海便是地理上的温泉。修善寺附近，清静、幽寂；热海附近，热烈、俏丽。从伊豆到伊东一带的海岸线，令人想起南欧来，这里显示着伊豆明朗的容颜。同是南国风韵，伊豆的海岸线多像一曲素朴的牧歌啊！

伊豆有热海、伊东、修善寺和长冈四大温泉，共有二三十个温泉浴场，仅伊东就有数百处泉流。这些都是玄岳

火山、天城火山、猫越火山、达磨火山的遗迹。伊豆，是男性火山之国的代表。此外，热海的间歇泉，下贺茂峰的吹上温泉，拍击着半岛南端的石廊崎的巨涛，狩野川的洪水，海岸线的岩壁，茂盛的植物……所有这些，都带着男性的威力。

然而，各处涌流的泉水，使人联想起温暖和丰足，这种女性般的温暖与丰足，正是伊豆的生命。尽管田地极少，但这里有合作村，有无税町，有山珍海味，有饱享黑潮和日光馈赠、呈现着麦青肤色的温淑的女子。

铁路只有热海线和修善寺线，而且只通到伊豆的入口，在丹那线和伊豆环行线建成之前，这里的交通很是不便。代之而起的是四通八达的公共汽车。走在伊豆的旅途上，随时可以听到马车的笛韵和江湖艺人的歌唱。

主干道随着海滨和河畔延伸。有的由热海通向伊东，有的由下田通向东海岸，有的沿西海岸绵延开去，有的顺着狩野川畔直上天城山，再沿着河津川和逆川南下……温泉就散缀在这些公路的两旁。此外，由箱根到热海的山道，翻过猫越山的松崎道，由修善寺通向伊东的山道，所有这些山道，也都把伊豆当成了旅途中的乐园和画廊。

伊豆半岛西起骏河湾,东至相模湾,南北约五十九公里,东西最宽处约三十六公里,面积约四百零六平方公里,占静冈县的五分之一。面积虽小,但海岸线比起骏河、远江两地的总和还长。火山重叠,地质复杂,致使伊豆的风物极富于变化。

现在,人们都这么说,伊豆的长津吕是全日本气候最宜人的地方,整个半岛就像一个大花园。然而在奈良时代,这里却是可怕的流放地。到源赖朝举兵时,才开始兴旺发达起来。幕府末期,曾一度有外国黑船侵入。这里的史迹不可胜

数，其中有范赖、赖家遭受禁闭的修善寺，有堀越御所的盛衰遗址，有北条早云的韭山城等。请不要忘记，自古以来，伊豆在日本造船史上，发挥着重大的作用，这正因为伊豆是大海和森林的故乡啊。

（昭和六年六月）

初秋四景

一

比平时稍冷的水,使得自己游泳的腿脚也比平素变白了。蓝色的海底,流淌着又白又冷的东西吧?因而,我以为秋是打海里来的。

庭院的草地点起火焰,少女们在海滨的松林里寻找秋虫。火焰的爆裂声间或夹杂着虫声,就连火花的音响也带着夏日惜别的寂寥。宛若虫鸣,因而我想,秋,是从地下涌来的。

和七月不同,虽然只有月光,女人夜间海风一吹,也要悄悄掩胸脯。因而,我想,秋是从天上降临的。

海滨城市，又出现新的租赁房屋的广告牌，犹如翻开秋季日历新的一页。

二

秋，来自足底的肤色，来自脚趾的光洁。夏天开始前，光着脚丫吧，秋天开始前，遮起脚丫吧。夏天将使趾甲变得更加漂亮。

秋初，趾甲稍稍有些污染，不是很温暖吗？秋季屈肱而眠，把腕子晒黑了。

刚一入秋，胃口大开。否则，有点儿扫兴。好积耳垢的人，是不懂得秋的人。

三

大地震纪念活动，成为秋初东京年中胜景。今年九月一日，被服厂遗址，午前拥来十五万参观者；举办全市非常时期消防演习。我家也听到了商业美术馆的汽笛和水泵的警铃。我去观看被服厂惨状，是在九月里的某一天。

四

秋声最先入耳畔，无此灵性实可哀。

啄木①的歌。的确如此。我家有五六只狗。其中一只对音乐比普通人还敏感。听到欢快的曲子，总是喜滋滋的，听到哀伤的音乐，表情悲戚，不仅盯着留声机吼叫，还像跳舞似的摇摆身子。然而，对于初秋的寂寥却毫无所感。动物能感受到季节的温度，但似乎感受不到季节的感情。

其实，草木禽兽本能上皆是顺从季节的推移而生活着。正如夏天的冰，冬天的火一样，背着季节而生活的虽然只有人类，但人类却最多受到季节感情的左右。我们这样一想，就会惊讶地发现，人的季节感情之间，有着多少人工的东西啊！

---

① 石川啄木（1886—1912），歌人、诗人。

南洋诸岛,听说全年里气候相同,只能靠看星星知道季节。夏天出现夏天的星,秋天出现秋天的星。若能如此忘却贴身的季节而生活,那是多么健康。也应有美术季节一样的人工季节。

(昭和六年九月)

山中湖畔听鸟记

日本古代的行乐和风流,到了现在,无疑转到观赏动植物生态方面来了。

我和"野鸟会"同人在富士高原和湖畔漫步的时候,不由得想起各个时代的日本人亲近自然的情景。最近,这种旅行的时兴,不光是为摆脱都市和出自对自然科学的爱好,其中似乎还有更为强烈而深刻的人的精神的追求。对我来说,只是想同鸟类学家中西悟堂先生见上一面,然而一行三十人,大家的心思全都奔野鸟来了。从前,我从未参加过团体旅游,这种旅行弥散着一种特殊的亲切的情味,既可将旁人忘掉,又能把自我抛却,仿佛到理想幸福之国过上一天。我想,既然把野鸟作为此种旅行的内容,一定是做好了充分的心理准备。清栖先生和其他诸位指导者，不用说他们是把野鸟作为学术研究对象的，而我们这些对此一无所知的外行，怀着所谓参观的心情，这种心情即便能产生诗感，也不会涉及野鸟的吧。鸣啭，飞舞，生蛋，育雏，各种鸟的形态和毛色，它们时远时近，时隐时现……这些微妙的变化似音乐，不会像其他参观那般令人精神紧张，心情沉闷。就听觉和视觉来说，没有比鸟叫更能唤起人们对大自然的怡悦和亲近之情了。也许因为这个缘故，人们从野鸟身上最能显现对于一切生物生命的怜爱。这就是人们喜欢野鸟的真趣。

我家在镰仓，从大船一乘上车，就收到两份资料，一是今天与会者的名单，一是《山中湖畔藏云山庄院内及附近鸟

的名称和音声分类》,令人倍感亲切。从国府津站换车到御殿场,再换乘巴士。在须走的米山馆前,中西先生下车,和一个人站着说话,我想那个人就是高田昂先生吧。高田先生说因有要事,不能一道同行。米山馆看来是专门供听鸟的游客住宿的旅馆。今晚本来可以欣赏到引鸟名人"兵君"模仿鸟鸣,不想他半月前已经去世,有人回忆起他生前的情景。

"树木和花朵都很小,所以又名少女樱。"导游小姐介绍说。富士樱已经散落,道旁的兔子花一片锦绣。看不见富士山。回首一瞧,是青碧的茫茫林海,尽头形成一道美丽的倾斜的直线。据说可以望到骏河湾的水波。从笼坂山口边境下行到山中湖,于藏云山庄前弃车前进,落叶松的疏林里

一片小鸟的叫声。山庄夫人，还有早到的来自甲州的中村幸雄先生前来迎接。中村先生手里拿着笔记本，兴奋地告诉我们，说他在山庄已经听到十种鸟的鸣叫了。（以下关于鸟叫，清栖先生和中西先生两位大家都写了文章，我只记下一点片断的印象。）

进入宴席，有人迅速拿来了热毛巾和酒杯。听说明日还有二十多公里的艰难路程，全靠徒步跋涉。大家不由得一惊。不会喝酒的我，以为面前摆的是甜酒，战战兢兢喝了下去，后来一打听，知道是女性爱饮的鸡尾酒。六月初天气，离日落还有些时辰，于是去听山庄附近的鸟鸣。起初，我一边留意远近的鸟鸣，一边不时停下脚步，听人指点：这是赤腹鸟，那是木鹨；这是野鸡，那是蒿雀……真叫人喜出望外。杜鹃、郭公、黑鸫、筒鸟等，印象最深。在高尔夫球场，尽情观赏大地鸡漂亮的飞翔，倾听那震耳的羽音。这种鸟的翔空颇似云雀，遥远地，迅猛地，占领着这片如草原般广袤的青空。观览席的包间里，穿着防寒服的少女为我们沏茶。大地鸡一落到球场上来，青栖先生等一队人马立即跑去寻找鸟巢，剩下的人也跟随而去。没有找到，只发现红蚁塔和吹泡虫的泡。但是不一会儿，青栖先生无意中发现了赤腹鸟的巢。在富士樱和荆棘之间，有四只鸟蛋，一个充满爱的静谧的巢穴。铃木大麻先生作了写生。其次又看到白颊鸟的窝，有三只鸟蛋。中村先生要为明天的参观做准备，他先到山庄后头的森林里寻找鸟巢去了。藏云山庄主人出来迎接。归途是公路，左侧可以看到农大学生的实习林带和高山植物园。路旁的山丘上悬铃百合和虎杖草很多。还看到一片盛开的山藤花。

回到山庄，换上浴衣。有人去洗澡，有人在阳台上谈鸟，度过一个温馨的夜晚。落叶松林之间能望见湖水。山庄的另一栋是酒厂，是由越后迁徙来的农家古老建筑，柱子和房梁粗大而黢黑，浸润着往昔的酒香。眼下，高原上传来了鸟的歌唱。壁龛里有百练先生的三首诗作，是专门招待今日来客的。为了迎接"野鸟会"，不光新换了被褥，还从星冈特地请来三位厨师做菜，山中湖的鲫鱼丝、鲜独活、鲷鱼烩款冬等，都是山间特产。主人夫妇开朗，随和，从言谈举止看好像是大阪人，一打听才知道距我们家乡不远，是三岛郡萱野村人。门内的小房间是用赤松、白桦、白皮松建造的。

炉子开着，那炉火带着令人怀恋的山气。人们围着炉子快活地喝酒，聊天。

山庄主人本来打算在这里建造一所冬季游乐场，才于湖畔盖起别墅来的。鉴于这里正好是野鸟的天国，所以现在他一心扑到鸟儿身上了。

"为了小鸟，我不惜拿出一切。我要建造一座小鸟的乐园。"他表白说。看来，不光山庄院内，他还想把整个富士山都变成小鸟的游乐场。他正准备添置巢箱和其他各种

设备。

饭后,津田青枫先生创作了鸟的诗歌,铃木先生挥毫写下了几个字。大家也都签名留念。十

时，听佛法僧鸟鸣叫的录音。就寝以后，耳边仍是早起的鸟儿的叫声，所以几乎没有人睡着觉。彻夜准备早饭。在夜莺和杜鹃的鸣叫之后，三点二十六分，紧接着传来了郭公鸟的第一声。三点四十分，天色还是一片黑暗，这时已是鸟鸣的高潮。大家都起身了。懒惰的我，冲着邻室喊了声："津田先生！"

"你要躺着听吗，川端先生？你一个人待着叫人不放心呀！"青枫先生应和道。微明，打开障子门，清凉的朝雾浸染着青色的落叶松林。躺在被窝里聆听鸟鸣，也是一种幸福。

星冈厨师们的手艺无暇细细品味。饭后，参观了山庄巢箱的调查情况，然后，沿森林向湖畔下行游览。途中遇雨，一头闯进新大地饭店，受到山庄主人和系川恭平先生全家的欢迎。冒着小雨，沿湖畔到达吉田旅馆，乘骏河旅馆的摩托艇渡过湖水返回东京。到了须走这地方，同今日看了一天鸟儿的青栖先生分手后，我就由御殿场经箱根回家了。

（第二天的参观时间太长，从略）

狗与鸟

眼下，只有一只白颊鸟了。

我家有宅基神①，当地人说是五谷神。这条山谷家家都有五谷神，每年轮流祭祀。今年该轮到我们家了。初午②那天，竖起了江户时代家传的旗幡。这面旗一年只用一次，是一块好棉布做的。去年夏天，我到信州旅行期间，林房雄君把我家当作工作场所，并住在这里。听说出现了一年各种好事儿，想必是托宅基神的福吧。妻子每个月逢初一、十五供小豆饭。据说五谷神是狐，厌恶家中养犬。当然也不单是这个原因，反正现在没有狗了。因半年多不在家，很难养狗。

---

① 住宅、房舍的守护神。
② 二月第一个午日，各地五谷神社祭祀日。

西洋人有的牵狗去远方旅行,就像猎人带着猎犬。在山中散步的时候,也可以带着柯利或泰拉啊,旅途中时常这么想。但是狗住旅馆很麻烦,每天乘货物车之上也很可怜。不习惯的狗乘火车有的会受惊发狂。

搬来现在的家之后,曾经要了一只小柴犬,因患犬瘟热(distemper)住院而死亡。住在东京时,养了好多小狗,没有一只因患犬瘟热而造成麻烦。我并不认为犬瘟热这种病很可怕。在要来之前,这种病已经侵犯到肠胃里了,但日本犬的子孙们的特色是,直到病死都一直健康地玩耍。

想有一只柴犬。去年秋,沿木曾川下行,自多治见至土

田途中,透过车窗,三番两次见农家有岐阜犬。闪闪烁烁,尚感美丽。一行人中谁也没有注意,似乎我最先发现。两三年前,住在甲府市外的汤村时,一走近旅馆玄关,就听说这儿有漂亮的甲斐犬。其后进入账房,硬是看了人家尚未见惯生人的狗,全都不满意。然而,于不曾想到之时,猛然瞥见纯血统的犬,胸中立时闪过一丝美感。当时,我在甲府市内见到了甲斐犬。走路时,也怀念起那只日本犬来,那是料亭的狗。

沿木曾川顺流而下,从轻井泽围绕木曾转了转,本打算看看寝觉床的,谁知从上松车站一下火车,就听到山雀的

鸣叫声。能在木曾买到良种的山雀，当是此次旅行的一件乐事。想是从远方传进耳朵的。山鸟是这样，而家鸟的鸣声听起来也很悠远。一般的鸟鸣，隔着相当的距离，听起来别有风情。上松的山雀鸣声悠扬，循声而至，发现酒店的木柱上挂着一只鸟笼子。老板不卖，他说别处还有一家养山雀。虽请店中小伙计引路，但在那里没能见到。死了心便前往寝觉床，不想小伙计一度回店之后，又骑自行车折回来，说可以出售。索价二十日元。归途路过该店，问能否降价便宜些，对方说不行，结果没有买。然后步行翻越马笼岭，迂回到名古屋。两三天的游览拎着小鸟而行，也会稍感不安。已是秋令，不再是百鸟鸣啭的初夏了。听酒店老板的口气，似乎说我不知这种鸟真正的价值。这鸟鸣声优美，但比起我家从前那只山雀，嗓音太大，缺乏山间沉静的余韵。

以前的山雀，是前年秋天轻井泽鞋店老板送的。那只从轻井泽家中的浴场飞进来的鸟逮住一看，是鹡鸰。鹡鸰喂养得法，活得相当长久，但它是一种很难喂养的鸟。我们到喜欢小鸟的鞋店请教喂养方法，打算给鞋店老板看一看鸟儿。妻子稍稍打开竹篮盖子，一瞬间飞走了。因不是母子鸟，没什么可惜的，但我总有些不愉快。在藤堂旅馆休息时，有人喊叫："追分失火啦！""莫非是油屋吧？"我蓦地来到路上，果然是油屋。堀辰雄君和立原道灶君都在油屋，我立即向那里跑去。堀君从前天晚上起住在我家，今天回去的途中遇上火事，一本书也未带出来，行李也全烧光了。这场火使我忘记了逃跑的小鸟。"放跑了鸲鹆，烧毁了油屋。"我说。鞋店老板说，是在他家逃掉的，很对不起，干脆将自家山雀送给我了。喂养三年，秘而不宣，从不轻易示人。

关于小鸟，我饲养过戴菊鸟和长尾山雀。戴菊动作凛然优美，体小，鸣声嘹亮。我还是想喂养个儿小、鸣声优美的鸲鹆和小琉璃。我一写这样的文章，就希望有狗和鸟，立刻就想去购买。不论是镰仓的家，还是轻井泽的家，小鸟无日不来庭园，鸟鸣时时在耳畔震响。朝雾迷离的庭园，很适合鸟儿飞临。最初手把山雀，那是前年秋天，野鸟会组织的霞网实习旅行。自浅间温泉登山时，清栖君将网罗到的山雀送给了妻子。捧在手里很小，因为还要走好远的路，把它放生了。那次旅行在松本解散了。回来时，我在市政府前的露天鸟店买了深山白颊鸟、红腹灰雀和金翅雀。不用说，都不是好鸟。户隐归来,曾在善光寺附近鸟店买过山雀,但不怎会叫。

大琉璃、黄鹂鸰、交嘴雀、绣眼儿、百舌、猫头鹰、驹鸟等都养过。其中,留下的最喜欢的鸟是红百舌。幼时十分温驯,走出笼子同人嬉戏,撒娇似的鸣叫,又不像是百舌。它模仿各种鸟的叫声。早晨唤人醒来的响亮的鸣叫尤其好听。驹鸟稍显吵闹,写作时必须置于远处。一只驹鸟,从笼子里逃走三个月后,又回来了。它或许在镰仓山里迷了路,没有飞得很远吧?真是一件奇事。我最喜欢的是白颊鸟。第一只白颊鸟,养了六七年,比狗还活得长久。

至于狗,我养过很多考利种和刚毛猎犬丝狐养·特利亚种。喜欢母狗。因为产崽时很令人高兴。我时常想起难产而死亡的考利,它的身子比一般的狗长大,像娇小姐,动辄害臊,又爱撒娇。它不喜欢外出,极端害怕通行汽车的道路等。教它散步,也花费了很大力气。我曾将它置于院子里,为它全身捉螨虫。我为狗捉螨虫,可以两三天不眠不休,这种事儿一干起来,我的性子也变好了。虽然腰酸背痛,不能动弹,依旧干得很起劲。稍有闭眼,螨虫的幻影全都浮在眼前。后来带回家饲养。我彻夜写作时，狗也不离开一步，上厕所也跟着我。它怎么也生不出孩子来，找兽医看了，决定实行剖宫产。那天夜晚，手术做得马虎，我也未能看到。我按着狗头，使它嗅麻醉药。当晚，兽医的夫人为它喂水，狗站起来走了几步，情况恶化而死亡。让它饮水也很草率。那天晚上，狗大概想回归我家，跌落在门内的泥地上了。要是将它四肢和身子捆绑起来，让它睡觉就好了。

（昭和十四年六月）

哀愁

近来，妻子在练习声乐（已成定例），眼下还在客厅里不停地唱歌。因为歌声是走动的，估计是在大扫除吧。一出手就唱得这么好。妻子的嗓音真不错嘛，我感到惊讶。青春女性甜美的歌声令人身心欢愉。——带着如此美好的心境醒来，歌声依旧声声可闻。

当我明白过来那不是妻子的声音，是在不少日子之后。

我躺在被窝里呼叫家人，询问那歌声是来自家里的收音机还是附近的留声机。妻子在餐厅里回答：

"是海边的海水浴场在放唱片。每天都是如此，你怎么不知道呢？"

我只有苦笑，但依然保持愉快的心绪，听了老大一会儿。不久，转换成那首老调子的流行歌，随即扫了兴，起来了。

正午已过。

我听见歌声时或许已经半睡半醒了，是不绝的歌声把我吵醒的。可我的头脑一直认为那歌声是在家里。因此，我似乎在梦中听到妻子练习声乐。

我一直在做关于妻子的梦。

我每天的习惯是，伏案工作到凌晨四时，然后躺在被窝里看一两个小时的书，打开挡雨窗，放入晨风睡觉。眼下正是盛暑时节，白日梦醒，实在难熬。

今天早晨听到歌声，心情舒畅，随之起身了。这是一种幸福的心境。在幸福的美好情绪中，想到：自己不就是格外幸福的人吗？

我的梦作为音乐之梦是极其幼稚的梦。至于文学，是无法做出这样的梦的。我经常梦见读了点儿什么，写了点儿什么，但醒来之后很少为自己的梦而感到惊讶。吴清源曾对我说过，他在梦中梦见一个妙招，醒来下棋时用上了这一手。梦中写作的我，比起现实中写作的我，似乎更富有灵性。这使我梦醒后甚感惊奇。我一方面因心中依然有可供汲取的泉水而感到慰藉；一方面又因自己基本上不能把握生之源流而充满哀伤。梦中写作虽然荒诞无稽，但也不能断定丝毫看不到赤裸的灵魂的飞翔。很显然，凝聚在生活中的悲惨和丑怪在梦里缠绕在一起。

倘若我对音乐稍有亲近，海水浴场的流行歌表演尽管在梦中出现，也不会因之而心情愉悦起来。我不懂音乐。我活到这么大年纪，应该考虑一下是否要在不懂音乐之美中度过一生了。我也曾想过，为了通晓音乐，付出再大的牺牲都可以。这话有点儿太过分了，不过，我痛感单凭趣味和爱好品尝的美是有限的，接触一种美是命运的邂逅，短暂的一生所懂得的美也是极微量的。我也时常思忖，一个艺术家一生创造的美能达到何种限度呢？

例如，画商拿来一幅画，我要是感到同它有缘，那是幸福。但是，我无法深刻理解那幅画的美，也是挺尴尬的事。而且，也要为这幅画考虑，能否遇到这样一位内行的人，他能将这幅画所具有的美，毫无保留地全部汲取？这样一想，就会陷入一种无凭无据的迷惘之中。

当然，高价的名画是不会送到我们这里来的；而且，我也不会巧遇为我所会心的画。但在自家所看到的绘画，只有浦上玉堂以及思琴等留在心中。两幅都是小品，但很不容易买到。

我也不懂美术，一如我不懂音乐。我并不认为我没有理解美术的素质和能力，我只想强调我未能看到更多好的东西和耻于教养不足。我很久以前就发觉自己这种始终不以为然的愚执了。

纵然我没有掌握姊妹艺术，其实我的职业领域文学情况也与之近似。我自己既熟悉又安心操持的就是写小说这一行。即便小说，因不同于时代和民族，理解得也不充分。至于诗歌，就是对同一时代一国之内的知己密友的作品，也很难准确把握，所以我从未写过评论诗歌的文章。如此回顾起来，小说就看得很远很透吗？这也是个疑问。所谓普遍观察，任何人都做不到。论起小说，只能说我的眼光既不广也不深。

年近半百，如此的慨叹，伴随我的只是冷酷的恐怖。

当然，这不是现在才开始的慨叹。我很早就意识到自己的缺陷，同时也找到了遁词。就是说，自己因为熟悉艺术这一行，不很清楚的事也自然会弄个明白。倘若观察同艺术无关的自然、人生，不明白也就只好不明白了。于是，我稍稍懂得了对事物弄不明白那也是一种幸福。

这种遁词当然是幼稚的，不辨是非。这种说法倘若用在那些强调越明白就越不明白的人身上，或许还有某些意义，但对徘徊于懵懂之前、手足无措的我来说，只能是遁词。我虽然于不懂艺术的事物中感觉不到幸福，却可以在不懂自然与人生的事物中感到幸福，这是事实。这种说法固然具有随意的飞跃，但却是事实。而且，我作为作家，有时于不安和不足之中，感受到生之安然与满足。很难说这是丧失意志的微弱的哀叹。

我一直认为，日本人没有力量感受真正的悲剧与不幸。战争期间，尤其是战败之后，这种看法越来越坚定了。没有感受的力量，也就等于没有感受的本体。

战败后时代的我，只好回归日本自古以来的悲哀之中。我对战后的世相、风俗，一概不予置信。我不相信现实中一切东西。

我或许远远脱离了现代小说的根底——写实主义，似乎本来就是如此。最近，我读罢织田作之助氏的《土曜夫人》，开始校对自己的作品《虹》，我惊叹于相似的地方很多。这不是来自同一悲哀的源流吗？《土曜夫人》含有一种追逼自我的力量，乱花荫里掩藏着作者悲戚的心灵。这种悲戚与我悼念作者之死的悲戚，合流在一起了。

战争期间，我坐在来往于东京的电车或灯火管制的寝床上，阅读《湖月抄本源氏物语》。我忽然想到，在灯光暗淡、晃动不止的电车上，阅读如此细小的文字，对眼睛十分不利。当时又时时夹杂着对于时势反抗的讽刺。在横须贺线战争色彩逐渐浓烈的时候，阅读这种王朝时代的恋爱故事，似乎有点儿滑稽可笑，但没有一个乘客感觉到我的时代错误。我甚至有一种玩笑的想法，途中万一遇到空袭而受伤，结实的日本纸还能用来包扎伤口呢。

于是，我阅读这则漫长的故事直至二十二三帖，将近一半时，日本投降了。《源氏》奇妙的阅读方式，给我留下深刻的印象。我在电车上，发觉自己时时恍惚陶醉于《源氏》之中，感到非常惊奇。当时，战争受害者和疏散者，犹如捆绑在一起的行李，一边躲避空袭，一边在焦臭的废墟上无规则地朝前移动。单是这样的电车和我如此不协调固然令人惊讶，而千年前的文学和我的协调更加使人不解。

我从初中时代就啃读《源氏》，它给了我很大影响。其后，零零星星也读过，但从未像这一次那般投入，那般亲近。也许得力于以往那种使用假名字母的木版本吧，试着同小号铅字印刷的版本对照着阅读，确实感到味道不同。当然也有战争的因素起作用。

然而，更直接的原因是《源氏》和我同在心灵的激流

里漂荡，在那种环境里忘掉了一切。我回溯日本，也警觉自身。我在那样的电车上摊开线装书这件事，未免有些骄矜和造作。我的那种表现招致了意想不到的结果。

那时候，我接到不少生活于异境的军人的慰问信，其中也有素昧平生之士。行文大体相同，他们偶然读了我的作品，为乡愁所恼，向我表达谢意和好感来了。据说我的作品使他们想起了日本。这些乡愁，我在《源氏物语》中也感觉到了。

有时，我甚至这样想过，是《源氏物语》灭了藤原氏，

也灭了平氏、北条氏、足利氏和德川氏。至少可以说，上述诸氏的灭亡同这则故事并非无缘。

如今将话题岔开，这次战争期间和失败之后，心灵的流水中蕴蓄着《源氏物语》般的哀伤的日本人绝不在少数。

《土曜夫人》的悲戚，《源氏物语》的哀伤，此种悲戚和哀伤之中，日本风格的慰藉与救赎获得缓解。其悲戚与哀伤的真实面目，不可与西洋风格赤裸裸相对峙。我既未曾经历过西洋式的悲痛与苦恼，也不曾在日本见到过西洋式的虚无与颓废。

浦上玉堂与思琴的小品之所以能留在我心中，仍然是因为具有这种悲伤的调子。

玉堂的是一幅秋夕的杂木林中群鸦会聚的绘画。虽然同思琴一样，也将红色用于表现悲戚，但色彩淡薄，暗淡，杂木林的红叶和夕暮天空融合一体，暮色苍茫，整个画面笼罩着悲凉与寂寥。这是日本晚秋真正的寥落之相。杂木林和乌鸦之外，不着一物。眼前一棵大树，稍稍精心绘之。处处都是寻常树林的写生，几乎没有南画之癖，自然之趣渗入观者之内心。树林对面似乎有水的感觉。清澄的秋日，日本温湿的空气润泽着纸面,那是因为使人联想到夜露的清冷。这幅画画着一个旅人,夕暮黄昏,寂寂独行于秋日的原野、山端,满身旅愁。没有《冻云筛雪图》那般冷艳,当然也不见稚弱。如果说《冻云筛雪图》表达的是冬日的威严,那么这幅树林群鸦图表达的则是秋令的威严。尽管秋日绘画中的哀愁与寂寥多少带有感伤的调子,而日本的自然确乎如此,这是无法改变的事实。这或许是抱琴浪游的玉堂晚年之作吧。查了年谱一看,原来是四十岁左右时的绘画。四十岁就能画出这样的秀作,令我感慨。看起来,依然带有青春画作的色调。或许我不懂得画的缘故。假若我保有这样的绘画,于秋夜深沉、工作烦累之余,拿出来欣赏,我将会悲伤寂寥到无法忍受的地步。然而,这并不意味着心灵受创,意志消沉,而只是从远方遥望我的命运的河流。(《冻云筛雪图》于此文写作之后进入我手中。实物不像照片那般威严。)

思琴画的是一幅少女的容颜,大小相当于两只手掌。那是悲惨、微贱,因哭泣而扭曲的病恹恹的面孔。看上去那悲哀颇为深沉,充满浓烈的爱。一张清纯而可爱的脸孔历历浮现在眼前。

玉堂的画我看得不多，思琴的画，我只见到这一幅，而且极小，不知是何时所作。但凭这幅小品评论思琴，未免失之武断，但思琴这幅画确实是触发心灵之作。在我看来，这幅画很好地传达出思琴的感情，就像以前贫穷时代的画作，自然有别于玉堂秋林的悲冷。思琴笔下少女的悲悯也格外使我感到亲切。

思琴的绘画，去年十二月似乎在巴黎的画廊里陈列过，唤起各方的评论。"面对思琴的作品，谁也不会冷淡视之。青年画家们看了他的作品按捺不住激动，这是很自然的事。这幅画是这种令人无法忍耐的悲壮感的自白，正像它所表达的那样。云云。"（谢鲁鲁·艾斯提恩努的通信。青柳瑞穗氏译，《欧罗巴》第二期。）但我认为，那种所谓无法忍耐的悲戚，不是什么凄然、壮烈。很明显，思琴并非同号称艺术血统的梵高、陀思妥耶夫斯基等令人肃然起敬的大艺术家一脉相承。我看到许多关于思琴的评论，说他焦躁、狂热、偏激、野蛮、残忍、恐怖、神秘、孤独、苦恼、忧郁、混乱、腐败、疾病缠身，等等。这些都是难以避免的夸大的形容词。面对这幅绘画，我感到一切都是虚空。

绘制这幅少女面颜的思琴,固然心情颓唐,但却融合于素朴的哀愁之中。虽说属于末世,但切实的爱怜中蕴含着一丝温情。寂寞的孤独谈不上异教的神秘,只能使人感到对肉体的眷恋。一只眼瞎了,一边耳朵聋了,鼻子歪了,口角斜了……思琴在那张面孔上,使用了血色,致使少女留恋地活着。如果像众多的评论所说的那样,思琴制作了很多异样的强烈的绘画,那么这张少女的脸,或许就是思琴灵魂素直的滴沥和可爱的展现。

但是,我并不想将这幅小品买下,不是因为乍一看画面龌龊,而是因为我所从事的这种显眼的工作,这幅画似乎加入了我的悲情的河流。玉堂的秋景和思琴的少女的悲愁,是文学性的、抒情的;但作为绘画,并不是我最喜欢的。

玉堂和思琴的作品都在附近的画商绿阴亭展出过,我借到家里来看了。接连邂逅两幅在心间留下哀愁的绘画,或许并非偶然。

我始终没有提及音乐,我太疲倦了。姑且从我为野上彰、藤田圭雄两位人士的童谣集《云和郁金香》撰写的序文中摘引几句话,其余以后再谈。

"悲怆的摇篮曲渗入我的灵魂,永恒的儿童歌护卫我的身心。"

日本的军歌也带着悲哀的音调。古歌的旋律堆积着哀愁的形骸。新时代诗人的声音,立即消融于风土的湿气中了。

(昭和二十二年十月)

花未眠

我时常对一些司空见惯的事情感到不理解。昨天，一到热海旅馆，侍者就送来一束和壁龛里不一样的海棠花。因为太累，及早睡了。夜间四时醒来，海棠花未眠。

发现花儿没睡觉，这使我感到惊讶。既有葫芦花和夜来香，也有牵牛花和合欢花。普通的花都是昼夜开放的。花儿夜间不睡觉，这是不言自明的事，而我却是初次听闻。夜间四时观察海棠花，觉得更加美丽。它舍尽生命开放，凄艳无比。

花儿不睡觉，人人都明白，这事忽然成为我重新看待花儿的机缘。自然的美是无限的，但人感觉的美是有限的。正因为人感受美的力量是无限的，可以说人们感受的美是有限的，也可以说自然的美是无限的。至少一个人的一生所感到的美是有限的，是有一定局限的。这是我的实感，我的哀叹。人的感受美的能力，并非同时代一道前进，并非随着年龄而增加。夜间四时的海棠也是应该珍视的。我有时自言自语：一朵花若是美的，就要生存下去。

画家雷诺阿①说过，只要稍稍进步些，就会接近死亡一

---

① 雷诺阿（1841—1919），法国印象派画家。作品有《包厢》《舞会》《游船上的午餐》等。

步。这是多么悲惨的事啊！但他最后说：我还是相信进步。米开朗琪罗最后的话语是：早晚该来的事情一如所愿出现的时候，那就是死亡。米开朗琪罗活到八十九岁。我喜欢他那一副石膏制作的头像。

我以为，感受美的能力是很容易达到某种程度的。单凭头脑想象是困难的，还要与美邂逅，与美亲近。虽说需要重复训练，但往往一件古美术品即成美的启示，美的开眼。这样的事例很多很多。一朵花儿也是好的。

望着壁龛里的一枝插花，我曾这样想过：与此一样的花儿自然绽放的时候，我如此仔细观望过没有？截其一枝，插入花瓶，摆进壁龛，我才开始凝神注视。这不限于花朵，就文学而言，大致说来，今日的小说家，就像今日的歌人，从来不认真观察自然。全神贯注的时机太少了。再说，养在壁龛里的插花，上头挂着花的绘画。画面之美不逊于真花之美。当然不用说了，这种场合，若绘画拙劣，能反衬出真花的美丽。若花的画面美丽，更能衬托出真花的美艳无比。然而，平素我们仅仅仔细注目于花的绘画，没有认真观察过真花会是什么样子。

李迪①、钱舜举②、宗达③、光琳④、御舟⑤和古径⑥等人，他们多是从花卉的绘画中领悟到真花的美丽的。这不仅限于花木。如今，我的书桌上放置两件东西：罗丹⑦的《女人的手》和玛伊约尔⑧的《莱达》这两小件青铜雕刻。单凭这两件制作，就能看出罗丹和玛伊约尔迥然不同的艺术风格。然而，我们却能从罗丹的手的姿势和玛伊约尔的女体的筋肉学到好多东西。仔细一看，深感惊讶。

　　我家的狗产崽了。小狗蹒跚学步的时候，我无意中望着

---

　　① 李迪，南宋画家。河阳（今河南孟州南）人。供职于孝宗、光宗、宁宗三朝（1163—1224），长于写生，工于花鸟、竹石、走兽，亦作山水小景。作品有《雪树寒禽图》《鹰雉图》《风雨归牧图》等。
　　② 钱选（约1239—约1300），宋末元初画家。字舜举，号玉潭。湖州（今属浙江）人。擅长人物、花鸟、蔬果和山水。笔致柔劲，着色清丽，有装饰味儿。
　　③ 俵屋宗达，生卒年未详。桃山至江户初期画家。俵屋为其家号。宗达光琳派代表人物，所谓琳派之祖。京都上层町众出身。有《风神雷神图》等屏风大作。
　　④ 尾形光琳（1658—1716），江户中期画家，工艺意匠家。京都人。初学狩野派，后受光悦、宗达影响，画风大胆而轻妙，注重造型美，确立琳派艺术。代表作有《燕子花图屏风》《红白梅图屏风》等。泥金画多有秀作。
　　⑤ 速水御舟（1894—1935），日本大正、昭和初期画家。
　　⑥ 小林古径（1883—1957），现代画家。新潟人。早年专赴大英博物馆临摹东晋《女史箴图》，苦练中国画蚕吐丝般的线条技法。代表作有《头发》等。
　　⑦ 罗丹（1840—1917），法国雕塑家。青年时代游意大利，深受米开朗琪罗作品启发，从而确立现实主义创作手法。善于用丰富多彩的绘画手法塑造艺术形象，意态生动，具有力感。作品有《青铜时代》《思想者》《雨果》《巴尔扎克》等。
　　⑧ 玛伊约尔（1861—1944），法国画家。

一只小狗的样子，心中猛然一惊，那姿态同某种东西完全一致。想起来了，它酷似宗达笔下的仔犬。宗达画的是水墨画的小狗，那是一只在春草上的小狗。我家的小狗是无法与之相比的杂种狗，但我充分理解宗达高雅的写实风格。

去年岁暮，我在京都观赏晚霞。我觉得那就像长次郎①使用的名为"赤乐"的颜色。长次郎表达夕暮的名品茶碗，我以前看到过。茶碗上渗进黄色的红釉，很好地表现出日本夕暮的天色，深深印入我的心里。在京都，我从真正的天空联想到那茶碗。当我再次看到那只茶碗时，我又想起坂本繁二郎的绘画，遂不能自已。寂寞荒村，傍晚的天空犹如切开的面包，飘浮着十字形的云彩，这是小幅的绘画。这种日本夕暮黄昏的天色，是如何深深地渗入我的心底里的啊！坂本繁二郎绘制的夕暮的天色，和长次郎制作的茶碗的颜色，同是日本之色。我在夕暮的京都，也想起了这幅绘画。于是，繁二郎的绘画和长次郎的茶碗，还有真正的夕暮的天空，三者

---

① 长次郎（Chojiro），也就是初代乐吉左卫门，是日本"茶圣"千利休（SennoRikyu）的御用茶碗匠，在千利休的引导下首创"乐茶碗"，是今日的日本"乐烧"陶器的首创者。

在我心中互相呼应，越发显得艳丽无比。

这是我当时前往本能寺拜谒浦上玉堂墓，回来的路上看到的夕暮景色。第二天，我去岚山参拜赖山阳所作的玉堂碑。冬日，岚山没有游客，我却觉得仿佛初次发现岚山之美。虽然以前也多次来过，但只当是寻常的名胜，未能认识到它的好处。岚山一直是美丽的，大自然一直是美丽的。不过，这种美丽，只是有时被某些人发现罢了。

我发现花未眠，或许因为我独住一室，夜间四时醒来的缘故吧。

（昭和二十五年五月）

春

每年，春天一来临，我就做梦。

山地、原野各种草木发芽了，各色花儿绽放了。树木发芽也是很有次序的。还有，绿叶的颜色和形状也因树木而不同。不用说，嫩叶的颜色不限于青绿。你要是乘东海道火车做一次春之旅，就请仔细瞧瞧远州槙树的新芽，以及关原一带柿树的嫩叶吧。即使红叶树和枫树的新叶，也是风情万种。还有，原野上那些我叫不出名字的不起眼的小花也很多。

我曾一度亲眼仔细观察过草木遍山的春景，打算准确地写到文章里。我注视过山间树木的各种花儿。然而，在我尚未边走边看、认真进行写生的时候，春天的绿叶和鲜花慌

忙发生了变化。心想，来年再说吧。每年必定做这样的梦。或许是日本的作家的缘故，梦中的我，看到了花木葳蕤、绿叶遍布的山野的美景。我以为梦见了故乡的山峦。但是，那样秀丽的故乡上哪儿去找？我只是梦见理想中的故乡的春天罢了。

（昭和三十年三月）

古都

一

住在京都,走在京都,吃在京都(关西),书写关于京都的文章,这个愿望一年比一年变得急切起来,不知活着的时候能否实现。一旦移居京都,目睹京都被破坏得越来越不像京都,或许那就只有悲叹、哀伤和痛苦。

一方面是残留下来的古都,一方面几乎看不到人们重新建造"京都"这座城市的意图。当然,保护京都,不光是京都独自负有的责任,也是国家的责任,国民的责任。

二

电影《古都》，成岛东一郎氏摄影，画面优美。到了外国，或许外国人也会觉得美丽吧。中村登导演没有将《古都》拍摄成京都人的京都，就是说，没有使人从京都内部看待京都的生活，而是从外部远眺京都，可以说是旁观者眼里的京都。这是深知原作的解读，反而给电影带来成功。不过，中村氏没有拍成旅游者的电影或观赏京都名胜的电影，虽然也拍了一些名胜古迹。

原作《古都》最终成了一部破坏性的小说。在北杉山村，游人增加了，给当地居民带来麻烦。其后，又去看了两三次，杉树砍光了，好似一只拔毛鸡。然而，这确实是长成良材的树木必然的命运。

三

喜爱树木的我，看到有人伐树，自己的身子似乎也感到疼痛。当地周边的铁丝网荆棘刺入树干，树液如蜡泪垂流。

那是树木的泪水，我以为。

我生长在京都和大阪之间的山野寒村，东京驶来的火车进入近江路，一眼看到富有京都风情的赤松山，"啊"的一声渗入胸间。京都这样的城市，哪怕砍伐一棵树木，也应再三斟酌，斧锯下留情。我经常在心中嘀咕，勿伐木，多种树。

意大利人蒂契君（日本文学研究家、翻译家）来日期间，问他对日本最深的印象是什么，"绿树很多"。他回答。说得好。观赏西洋绘画可知，光线的强弱决定西洋绿色的亮度（轻井泽等地近似）。然而，我到欧美转悠了一圈儿，没有一个国家的森林像日本这般优雅、纤细和微妙。

四

今春，写完了一出"东舞"的台本——《古都舞曲》。时代当是应仁之乱的东山时期。此种估计大体不差。那时确实是战乱"残酷物语"的世界，同时又是"文艺复兴"的时期。不过，将"东舞"改成"残酷物语"很难，只能写成一部散漫、低调的台本。

将东山时代写进小说，是我多年的夙愿。居于乱世保护古文化，振兴新文化，扩展地方文化，民众奋起等，这些都属于"残酷物语"。战败时期，我读了室町时代的东西。我也想写承久之乱时的京都。后鸟羽院、藤原定家、明惠上人的时代，《新古今》的时代。自少年时代起，我所接触的日本传统是古都文学，很少是江户文学。

回顾历史，没有一处地方像古都京都那样，反反复复，重叠发生那么多"残酷物语"。战祸也是如此。就这样，避免这次战争之灾，作为唯一的古都保留下来，成为各种意义上的巨大的象征。想到今日京都的存在，切不可忘记千年间经过多少灾祸及"残酷"，才得以保存下来啊！

（昭和三十八年四月）

巴黎乡愁

巴黎，六月十四日，星期天，晚上八点。机舱是天堂。喷气客机在天上飞翔。然而，不是说这些，我是说一旦坐上飞机，再没有比这时候更加身不由己的了。自己所能做的，只是要点儿喝的东西。心绪茫然，窗外看到的只有天空、云朵，干脆不看。对我来说，机上不再属于哪个国家哪个地区，同乘的外国人都与我无关，一切都是一个人。这在地面上是没有过的。舍掉自己的意志，最大的不自由将我解放到最大的自由之中。从羽田到火奴鲁鲁，从洛杉矶到纽约，从纽约到巴黎，我请求收起邻座的扶手，借来毛毯和枕头，躺下来睡觉。

六七年前，我由巴黎返回东京，小松清君送我到机场。

临分别时,我迂阔地对他说:

"回去就是忧愁之世,最好是飞机掉下来。"

小松君满怀信心,他断然地说:

"川端先生乘坐的飞机,绝对不会掉下来!"

我被他的话打动了。我相信小松君是我绝对的知己。小松君看到我当初说服莫里亚科,同安东莱·马尔劳连续聊了两个多小时(这些全都仰仗小松君出色的翻译),看到我在外国唯唯诺诺,厚着脸皮,求爷爷告奶奶,看到我的厄运压顶而来,他才突然那样对我说的吧?每当想起故人,我就想起他的这句话。我感觉仿佛是神告。"友爱"一词,强大无比。

眼下,九时半。窗外的巴黎渐渐黑下来了。我一个人茫然无目的地出去吃饭。夜间寒凉,带着大衣出门。走进附近横街里的酒吧,考虑到这时候,在这里能找到一家会集许多法国人的小吃店,倒是很好了。要了红茶和一份饭菜,花费三百五十日元,味道不错。这一份饭菜吃不完。看不懂的菜单之中,最没把握的就用手指点菜。一顿晚饭花销不到午餐的二十分之一。周围食客说的法语一概不懂。坐在我邻座的后进来的一对年轻夫妇,夫人离席时不小心碰掉了我搭在膝

头的大衣，她从地板上拾起滑落的大衣，又朝我投以温存的微笑。我只顾茫然呆坐着，留神一看，十一点钟了。我本想叫一辆出租车，在大街上转悠一小时，考虑到夜气会加剧神经痛，便返回饭店了。室内二十一摄氏度。

刚才，在巴黎想起小松君来，唤起一股乡愁。乡愁之于我很可宝贵。外国旅行，很少有乡愁惠顾。不论哪国哪地，大都过而即忘。自己在这里，但自己不在任何地方。没有时间和地点。摆脱和自由，这就是旅行的好处。而且，或许凭着我的独自漂泊、浪迹天涯的性格，偶尔变得可怕起来。但越是可怕，越要强迫自己坚持下去。

决不急躁行事，决不规定日程，即使规定也不受限制，这就是我外国旅行的要谛。眼下，我找出离开东京前编排的日程。六月八日，从纽约出发，经里斯本、马德里到伦敦。第二天早晨，再从伦敦前往奥斯陆，预计于笔会大会召开前五六日抵达那里。昨天（十三日晨），从纽约刚到巴黎。一到巴黎，我再也懒得离开了。去不去笔会大会，做不做北欧之旅，如今很难确定。谁也不想见，什么也不想看，哪儿也不想去，只想一个人待着。这就是此次旅行我想告诉人们的。今天，完全是一个人过的。凌晨两点多了。饭店里寂悄无声。睡觉。

十五日早晨，天气很好。萩原大使夫人打电话来，问我要不要去凡尔赛宫看看。八点半起床。听说宫殿的绿树很美，然而我还是谢绝了（为了继续写作这篇蹩脚的通讯）。十一点左右，前往大使馆。没想到走错路了，到了大使公邸。正好遇到将要出门的大使夫人，就把我送到了办公室。植村甲午郎氏正在同大使会见，我等了一会儿。我托付大使为我代办两件事：一是决定拜访巴黎两家出版社的时间；二是确认奥斯陆饭店的预约日期。我来巴黎只为了这两件事情。还有，请使馆给朝吹登水子小姐打个电话。据说高见顺君作品法语译文读了"令人生厌"，朝吹小姐昨晚才给"教科文"的凯约瓦氏写了一封长信，劝他将"令人生厌"的翻译继续下去。朝吹小姐立即打电话给凯约瓦，决定今日四时，我和朝吹两个人前往他家拜会。凯约瓦担任"教科文"日本文学翻译工作，因为笔会的事，同我很熟。

这次旅行，我所感到的乡愁，纽约两次，巴黎一次。

抵达巴黎当天,初次见面的日本姑娘(泛美世界航空公司[①]职员),同公寓室友招待我吃晚饭,实在是出乎意料。她到我饭店接我,裙子都淋湿了,为了购买浇在浅腌鲑鱼上的酱油,冒雨走了很远的路。她同叫来帮忙的另一位姑娘,两人精心准备了四种菜肴:鱼子酱、腌海带、烤紫菜和梅干等,一应俱全。我的座席上配着一双漆筷,餐桌上装饰着美丽的鲜花。我瞅着面前的花朵,渐渐地,乡愁浸满了心间。这是一间收拾得井井有条的房间。窗户外头,正是荻须高德描绘的巴黎。晚餐临近结束,她的三个朋友到乡下兜风归来路过这里,随之决定一起到蒙玛丽特歌谣酒场走一趟。引路的也不很清楚,沿着山丘上的石板路登了好久,我简直累坏了,第二天一直睡到下午两点。下了场雷雨,我浑然不知。

纽约,乡愁之一。从老人院回来已经过了夜间两点钟了。乘上一辆出租车,司机是个女的。路上只有我一人之后,我主动跟她搭起话来。

"好机灵的狗啊!你在上夜班吗?"

[①] 英文原名为Pan American World Airways, pan Am。

蹲在司机右侧、一直望着窗外的狗,转过头朝我靠来。我抚摸狗的头,摆弄狗的耳朵。女司机对我不太客气地说:"她(指狗)很爱她的耳朵。"她突然改变了语调,"她只认识我一个人。她很shy①。"女人不愿意狗对我亲近,这本是自然的事。我重新背靠座椅,望着中年女子倦怠的肩头上古旧的上衣,望着面向车窗的狗,联想到深更半夜,她和狗还在继续劳作,不知怎的,这又唤起了我的乡愁。

还有一次是在古根海姆美术馆②的梵高展上,观赏《高更的椅子》的时候。这幅画既不暗淡,也不狂乱。忘记了这幅画是在他们异常的别离之前画的,还是别离之后画的。如今,我也不想去查对。我只是从这张椅子绘画中,感应到梵高与高更离别后非同一般的悲伤之情。粗糙的椅子上的烛火和壁灯,这两支火光意味着什么呢?是梵高和高更,还是灵魂深沉的叹息或憧憬?这些都不去管它。我凝视这幅绘画,胸间溢满泪水,涌起一股乡愁。除了《有乌鸦的麦田》之

---

① 英文,"害羞"之意。
② 英文原文为 Guggenheim Museum,所罗门・R.古根海姆(Solomon R.Guggenheim)基金会旗下所有博物馆的总称,它是世界上最著名的私人现代艺术博物馆之一,也是全球性的一家以连锁方式经营的艺术场馆。

外,还有许多狂乱的绘画,悲怆的绘画;但此时,只有这幅《高更的椅子》吸引着我。

——今天已经十六日了。明天出席大使馆招待会,先要到克拉利奇饭店去理发。无意之间染了发。女人稍微一接触,就觉得神清气爽。但有一件挺滑稽的事,为了赶在笔会大会开幕前夕抵达奥斯陆,必须乘坐星期六或星期天的飞机,可是怎么也订不上这两天的机票。中途在哥本哈根换乘的机票倒是有，那就先到哥本哈根再想办法吧。假若住一宿，等赫鲁晓夫先生到达哥城，恐怕连只剩一间空房的旅馆也找不到了。被赫鲁晓夫先生给耍了。

（十八日追记——我同凯约瓦氏以及阿尔邦·米塞尔公司，就日本文学翻译问题做了充分的讲演。二十三日前往奥斯陆。我还见到了岸惠子女士的女儿麻衣子小姐。不然的话，在岸惠子家里还有可能见到加贺真理子小姐。）

（昭和三十九年七月）

秋之野

秋之野上铃声响，

不见行人在何方。

秋天的原野响着巡礼的铃声，然而，看不见巡礼的姿影。是隐蔽于树木之间，还是遮掩在芒草丛里呢？那里的树叶变色了，也许正在簌簌凋零了吧？那里的芒草的尾花泛白了，或者已经枯萎飘散了吧？抑或那些巡礼者，早已去了看不见的远方，只有铃声如"远音传响"的晚钟，在秋风里时断时续、如梦如幻了吧？不，不是"不见人"，而是从一开始就没想到看见巡礼的姿影，只要耳边传来巡礼者叮咚的铃声就够了，不是吗？"今天又有巡礼者通过呢。"就连这么点儿思绪也没有了……

类似这种模棱两可的解释真叫人羞愧。其实,"野上铃声"的"野"与"铃"发音为no-beru,不过是玩弄一下字眼儿罢了。一方面使"野上铃声"和"秋之野"在季节上贴合;一方面配上"不见摇铃的行人",字数也大体相当。我把这首即兴的俳句用毛笔大字写在纸上。书斋里铺开全幅的书简纸,端溪砚里也研好了墨。诺贝尔文学奖公布那天半夜之后,我一个人关在书斋。我要是坐在客厅和茶室,或者到处转悠,我就无法甩掉那些蜂拥而来的"新闻记者"。我就会陷入没完没了的照相和一个接一个的追问之中。亲友们不忍心看到这一点,就把我赶进里头的书斋,躲藏起来。美联社抢先打电话通知了我评奖结果,从接到他们的电话直到深更半夜我独自一人闷在书斋,这段时间,我如临大敌,诚惶诚恐。然而,我没有惊慌失措,六神无主。至少,我自己感觉是这样。呼吸,脉搏,和寻常一样。"算啦,就到这里吧",我对记者们有些生气,只有这时候我才感觉心跳加快。当然,也不是说我可以不顾及家中的骚乱,独自待在书斋里看书,我还没有沉着到这种地步。首先,那副姿态即便

没人看见,也只是装腔作势,摆摆架子罢了。因此,我就写字。尽管写下的只是一句戏作,书法可以使我统一身心,静思凝神。

特地憋足气力,一心求好,这是书法的邪道。身边人就有这样的好例子,山水楼主人、宫田游记山人①作"合目之书",是闭着眼睛写的,达到了无心寡欲之境。而且,积长年习练之工巧。近来,我得到许多山人之书,观之皆作如是想。但是,我并不打算立志修成此种境界。等活到八十岁,万一有幸得此长寿,我到那时候再做努力吧。眼下还只能使出浑身解数,不怕捉襟见肘,画虎类犬。虽然如此,也还是不合章法,闭门造车,草率成篇。假如能获得诺贝尔文学奖,那就在我死前一年颁发给我好了。对于一个作家,这样最合适,但偏偏不能凑巧。所以,只得在心底里祝愿:"哦,那小子拿到了,太好啦。"世人淡然一笑,随后一风吹过。——这样才好。我不会将诺贝尔奖获奖作家的奖章和纪念章挂在胸前。我的英文译者赛登斯特卡氏首先打来

---

① 宫田武义(1891—1992),书道家,收藏家。广岛人,名武义,号游记山人。曾三度到上海东亚同文书院学习,广泛搜集中国美术精品。

电话说："先生，没想到吧？很惊讶吧？我也很吃惊。"对我来说，这是最符合真实的问候，我就像他说的一样。"他们就是那种作风，中了奖我也不打算向对方表示什么。"听到我这话，赛登又说道："这就是表示，也还是高兴。"他还告诉我，前天晚上，他到大仓饭店来，同我的妻子以及一位出色地帮助处理家中纷乱的妇女，还有我的女儿，一起去GOGO舞厅和六本木寿司店的时候，也没有想到，太让人惊奇了。赛登并非怀疑我的作品是否够获诺贝尔奖的资格，他和原作者我一样，都是出乎意料，感到十分惊讶。赛登氏曾经半公开宣称，除了日本古典文学之外，在现代作家中只翻译我一个人的著作。他读我的书，所以很了解我。这也许出于赛登氏的顽固和偏执吧。

听到获奖消息当时，我就向赛登氏提出，希望他和我一道去斯德哥尔摩参加授奖式，赛登氏欣然接受了我的邀请。我约请赛登氏只担任我在授奖式上讲演的文字翻译和口译，其余的口译，请巴黎的岸惠子小姐担当。公布获奖之后，我在接待络绎不绝的来访客人的间隙，偷空儿到镰仓街上散步，走了一段很远的路程。恰巧这时，巴黎的岸小姐打来祝贺电话，她说明天再打来，于是我就在家里候着她的国际电话。前一天散步回来后，一听说有惠子小姐的电话，我就立即想到请她做我的口译。我向她提出后，她很高兴，在电话里马上就决定下来了。她还说，自己在巴黎举行婚礼，见面时请我做她的证婚人。还说，相皮君也想跟我说几句话，不用说，这位相皮君的法国话我一句也听不懂。

我和赛登等人在GOGO舞厅待了不到一小时，安田善一先生兄弟前来会面，确实是一次"感动的会见"。诺贝尔奖公布的当天，我从白天起就为安田先生新建的大楼题字。写了简明的献词："兹将这座大楼献给父亲安田兴一 善一"，再注明年月，添加上"川端康成书"几个字。雕刻在一米见方的大理石上，需要相当大的字，书简纸的横幅是不够的。我从今年初夏开始，为川越市作岩崎胜平墓表，为宫崎县若山牧水纪念馆写牌子，为高知县上林晓诞生地写文学碑，十月十七日又开始为新宿安田先生的大楼作献词，我不知道一天能不能完成，还是要花两三天时间才行。书简纸时而渗墨，时而干涩，字写得不好也可以藏拙，但是不适合刻在石头上。从东大学习美术史那时起我们结识四十年了，为了安田先生,为了他祭奠先考的一颗忠诚的心,为了这座纪念碑式的崭新而优美的建筑,我也想献上一幅好字。写了一天,不知是第几张了,刚写了开头五个字,被叫去吃晚饭,接着打算回到书斋继续写。刚一坐下,随着走廊上跑来的脚步声,说是有电话告诉中奖了。夜半过后被赶进书斋,但不可能再写大理石的刻字,于是就随意写下"秋野铃声"这首俳句。

十月二十八日,终于结束了废寝忘食的十二天,从繁忙中逃脱出来,想去会见东京古美术商和参观画廊。为了写完那幅字,我一人住在东京一家饭店,第二天早晨六点起床,就坐到桌子前边了。但头天晚上因为会见赛登氏,没来得及到那两家店里,今天想去,所以坐不安稳。先给一家商店的老板家里挂电话,上午九点赶在老板上班之前,我先到达那家商店,于是,我欣然拜读了日莲上人的信,对一休禅师的和歌也豁然贯通。那首和歌题名"心",歌曰:

向西走,
向西走,

只要一心不乱，

纵有十思难违。

"向西走"本是指到西方净土寻求极乐往生，今天我的解释是：摆脱此种"念佛"的意味，回归本心、本性和本愿。这和从前看到这首歌轴时不一样。如今我之所以茅塞顿开，也许是托诺贝尔文学奖的福，或者说这首歌启迪了我，教我从中奖的拘禁中解脱出来吧？

（昭和四十三年十二月）

夕之野

"心"字写得很大,下面的歌散为五行。第五行是"纵有十思难违"最后一个字母,占整个一行。款识分写于和歌两侧,右面是"赠紫之纯藏主",左面是"四条唯阿弥陀佛书之"。钤印两方,右为"一休",左为"国影"。据田山方南先生解释(载《古美术》二十号,昭和四十二年十二月发行),"四条"似乎指游行寺派时宗的四条道场金莲寺,一休受该寺一个叫唯阿弥陀佛的人之托而书就。如果"唯阿弥陀佛"是人名,那么就是一遍上人流派的念佛僧本人的名字,一休不拘泥于自己的禅宗,写下了这首称扬对方念佛思想的和歌。

以前我看到"心字和歌"的挂幅时,为"心"这个大字的沉静高远所吸引，因为我当时也忝列杂志《心》的同仁，但对于"西方净土、极乐往生、一心念佛"的和歌并不注意。然而，十月二十八日再次看到这个挂幅的一瞬间，这首歌的意思便了然于心了。

向西走，

向西走，

只要一心不乱，

纵有十思难违。

这是念佛歌，同时又是禅歌，意思是"只要内心方正无邪，不论有何想法皆不会违扰道义"。就是说，本根坚实融通，任其想些什么做些什么，都不为过。本性不移，他皆可狂！只求圆融无碍，根深蒂固！

我一旦开悟，就被这首"心字和歌"猝然攫住了。于是，我感到了昨天自己的一种不自由。昨天在银座画廊有幸提前看到了准备展出的绘画，无论是马奈画的女人像，还是日本人喜欢的莫奈笔下的风景，还有德拉克洛瓦的侧面妇女像的宝石般的小点儿，都使我精神振奋不已。老板还把马奈在画稿纸正反两面所描绘的墨线图借给我，说带回家慢慢欣赏吧。我拿着画路过一家熟悉的洋货店，经理说有一件大衣叫我务必试穿一下，披上一看，尺寸正合身。面黑内红，我自然对红色的里子犹豫起来。店里人撺掇说，这可是伊丽莎白女王和女王的母后御用商店制作的，是英国王室风格的式样，里面的胭脂红也是王室的高雅之色，对于过了"还历①"将近十年的我，红色里子最为难得。对此，我这个有些轻佻和浮华的人动心了，可是同行的妻子皱着眉制止了我。朋友的女儿也很感兴趣，极力怂恿。结果，我还是打消了这个念头，因为我害怕朋友看到我被诺贝尔文学奖冲昏了头脑。假如没有这个奖，我很可能买下这件吊着美丽的胭脂红里子的大衣。能够随意解说一休"心字"之歌的我，却囿于这个奖项，未能毅然买下这件红里子大衣，昨天的自己真是太可鄙了。"十思难违"的自由，不能因获个什么奖而丢弃啊！

我说过，如果能拿到这个奖，最好是在我死的前一年。

---

① 干支每隔60年循环一遍，故虚岁61岁重新开始。

我之所以这么说,就是因为我想到会遇上这类事情(当然,我不敢保证今年不是我死的前一年)。不用说,作家应该是个无赖子、流浪汉,荣誉和地位都是障碍。太多的不遇使得艺术家的意志薄弱,不耐劳苦,说不定就连才能也会萎缩,但反过来,声誉也很容易变为才能衰亡的根本。受命运支配的我一直难以和命运抗衡,今后还会受到它的关顾。我的故乡茨木市，这回发布名誉市民令，想把我推为第一号。市长和市议会的人日前到我镰仓家里来告诉我这件事情。当今时兴的文学碑，听说在我毕业的高中（当时是初中）学校和我的村庄故家前面也要建立起来。推辞已经很困难，很麻烦。我跟他们说，既然是个小说家，肯定会有"不光彩"的言行，肯定敢于写下一些离经叛道的作品。没有这些，小说家就会死灭。所以总有一天，人们会觉得还是取消"名誉市民"的称号为好，这样的事迟早会发生。我反复强调这一点，市里的人们就是不同意。中奖是当年一年中的事，因为是文学奖，能够理解作家的无德行为，而"名誉市民"是持续一生的资格，心理上的压力更大。我希望能摆脱一切"名誉"，给我自由。

本来，我一到外国，就如鱼得水，自由自在。可是，这种自由似乎也早已失掉了。今天，是十一月二十四日，星期天。傍晚，我在六本木下车，被五六个外国人抓住，又是握手，又是祝贺，嘴里咕咕哝哝叫着"川，川"。我以为是美利坚合众国的大使馆官员，听着听着，才知道他们是多米尼加共和国大使馆的官员及其夫人们。我说要到多米尼加大使馆办事，他们这才放开紧紧握着的手。今天早晨，在饭店的药铺里，碰到瑞典大使的儿媳妇，跟她在一起的老妇人有一册英译本，我给她签了名。这位大使的儿媳妇是新闻记者，到镰仓家里来过两三趟，所以很熟悉。今早她特地给我引见了她的两个可爱的孩子，一男一女，似乎都在上幼儿园，他们高兴地同我握了手。从这个月十二日起，我到京都玩了一周，兼办一些光悦会的事情。那时候，参加世界博览会的各国首席代表都住在"都饭店"①，马耳他总理给我介绍一位很稀奇的读者，说他将我的书的译本全都买下来读完了。我还以为他是法国代表，一看名片，方知是葡萄牙代表。听说发布我得奖消息的第二天，大仓饭店的书店里还剩下一些塔托尔②版的我的书的译本，售完之后，当天又有二百多外国人跑来买书。各国报社得到书之后，根本来不及找人阅读，西班牙报纸干脆将我的大幅头像登了上去。

秋之野上铃声响，

---

① 都饭店和京都饭店完全是两个不同的宾馆，不容混淆。
② Tuttle-Mori Agency, Inc. 日本最大海外版权代理公司。

不见行人在何方。

寂寥而悲凉的句子！较之写下这首戏作那天夜里的思绪，诺贝尔文学奖给予我的还要更深一层。接受外国人祝贺，为他们签名，没完没了，弄得我战战兢兢。接着"野上铃声"的戏作又写了下面的一首戏作：

夕阳辉耀野原阔，
钟漏远闻秋已深。

这里的"野"和"钟"也一起读作no-beru。但是，"铃声行人"这首巡礼的俳句，写的是我少年时代故乡的景色。其中，也包含着我的一种愿望：我的日本风格的作品也像这秋野巡礼的铃声。看不到巡礼者的身影没关系。巡礼的铃声是哀伤的，寂寥的。那些踏上巡礼之途的人的心底里，不知道栖息着什么妖魔鬼怪呢！日本的秋天，原野上晚霞辉映，远钟传响，声声渗入人的心胸，长存不息，自己的作品也该是这样的啊！我把这种心愿纳入这首戏作俳句之中了。我自

身也许早就变成深秋的晚霞了。

先头一羽穿云至,
漠漠秋空群鹤翔。

写下前一首俳句两三天后,听到电视新闻里报道,鹤群由北国来到日本的时候,先有一只鹤最早飞来。我要是能从北国接受诺贝尔文学奖,那么,可以得到这项奖赏的作家,日本自然还有好几位。对不起,我先走一步了。就是这么一首奇怪的俳句。——同一休"心字和歌"一道儿,日莲写给四条金吾女官的信,也被我借来,带回了旅馆……

(昭和四十四年一月)

美的存在与发现

我在卡哈拉·希尔顿饭店住了将近两个月。有多少个早晨，我坐在伸向海滩的阳台的餐厅里，望着角落长台上的一堆玻璃杯，在朝阳下熠熠生辉的美丽景象啊！玻璃杯居然会这般光耀动人，这是我在别的地方未曾看见过的。在法国南部海岸的尼斯或戛纳，在南意大利索兰特半岛的海滨，都未曾看见过，尽管那里的太阳一样明媚，那里的海色一样艳丽。卡哈拉·希尔顿饭店的玻璃杯的闪光，将作为一个鲜明的象征，终生铭刻在我的心里，使我永远记住被称为常夏的乐园的夏威夷或檀香山光辉的太阳，明朗的天空，艳丽的海色，碧绿的树林。

这一堆玻璃杯，虽然像出征的队伍一般整齐地排列着，但都是底朝上倒扣在那儿，有的叠放了两层，大大小小，挤挤碰碰地聚集在一起。这些杯子并非整体都能映到朝阳，只是那倒扣着的杯底的圆弧，发出闪闪的白光，像宝石一般耀目生辉。杯子的数目不知有多少，恐怕足有两三百只，这些杯子也并非都在底边圆弧的同一地方发出同样的光芒。不过，相当多的杯子在底边的圆弧上都有一个明亮的光点，像星星一般。这一排排杯子散射着一列列光亮，看上去着实动人。

正当那玻璃杯底边的光亮令我赏心悦目的时候，杯体上映着的一片朝晖，也渐次进入了我的眼帘。它不像杯底那样强烈，是一片隐约而柔和的光。在阳光灿烂的夏威夷，使用"隐约"这个日本式的词儿，也许不尽相称。然而，这杯体上的光线毕竟和底边的那一点光亮不同，它顺着和缓的坡度向玻璃表面扩大开来。这两种光虽然各不相干，但都是那般清莹、美丽。夏威夷丰盈而明媚的太阳，也许得济于清爽而澄洁的大气吧。当我看到屋角餐桌上备用的那堆玻璃杯上朝阳的光辉，大有一番感受之后，为了歇息一下眼睛，便朝阳台餐厅望去。客桌上的玻璃杯已经盛进了水或冰，那玻

璃杯体连同里边的水或冰，都映射着早晨的太阳，显得十分深沉，晃动着各种微妙的光亮。这种光亮依然是清莹、美丽的，你若不注意就发现不了它。

玻璃杯映着朝阳反射出的美景，看来并不限于夏威夷的檀香山海滨才有吧。法国南部海岸，南意大利海岸，还有日本南部的海滨，抑或都像卡哈拉·希尔顿饭店的阳台餐厅一样，那明媚丰盈的日光也会映射在玻璃杯上的。檀香山光辉的太阳，明朗的空气，艳丽的海色，碧绿的树林，通过玻璃杯这种常人不屑一顾的寻常用具，使我找到了鲜明的象征。即使不是这样，能够象征夏威夷之美的明显的标记，为其他地方所无法类比的东西当然应有尽有。例如，颜色鲜洁的花朵，姿态婀娜的茂密的树木，此外还有我未曾得以一饱眼福的、仅在一处海面才能观赏到的雨中直立的彩虹，还有那月晕般团团卷裹着月亮的圆形彩虹。这些都是罕见的景色。

但是，我在阳台餐厅里却发现了朝阳映射玻璃杯的美景，确确实实地看到了。这美景是我的初遇。以往，我不曾记得在哪里看见过。然而，不正是这样的邂逅反映着文学，反映着人生吗？这样说或许过于抽象过于夸张了吧？似乎有一点儿，但也不见得。我至今走过了七十年的人生历程，才在这里初次发现阳台玻璃杯上的这种闪光，并且有所感受。

饭店的人恐怕未曾想到玻璃的闪光会产生如此美的效果，才把杯子堆放在那里的吧。他们也不可能知道我竟然会由此而感觉出美来吧。我自己过分惦念着这种美，心中已成了习惯，老是思忖："今天早晨会怎么样呢？"再一看那堆玻璃杯，情况就不同了。说得详细一点儿，刚才我讲到了倒扣着的杯底圆弧的某一点上，散射着星星般的光亮，但其后经反复观察，因时间不同，角度不同，那星星般的光亮不止一处，而是好多处都有，也不光在杯底的边缘上，就连杯体的表面也闪着星星般的光亮了。那么，底边上仅有的一点星星般的光亮，是我的错觉或幻影吗？不，既有闪射一点星光的时候，也有群星灿烂、较之一点星光更加美丽的时候。然而，对我来说，那最初看到的一星光亮才算是最美的。在文学里，在人生里，抑或也有这样的情形吧。

我本来应当首先从《源氏物语》讲起的，然而却说出了有关餐厅玻璃杯等许多话来。不过，我嘴上说的是玻璃杯，头脑里不断想着的却是《源氏物语》。也许别人不怎么理解,不怎么相信,但确实是这样。我拉拉杂杂讲了一大堆关于玻璃杯的话,类似这样的事情,在我身上常常发生。它说明了我的文学与人生的愚拙。要是从《源氏物语》开始谈起就好了,可以用简短的语言描写玻璃杯的闪光,或者用俳句和短歌加以吟唱。然而,我在此时此地发现朝阳映射玻璃杯的美景,并运用自己的语言表达我的感受,也能够使我心满意适。当然,在别的地方,别的时间,也会有类似玻璃杯一般的美景,但是与此完全一致的美景,恐怕在别的地方、别的时间再也不会发生,至少我以前未曾见过。这也许可以称为"一期一会"吧。

海面某处直立的彩虹,月晕般卷裹着月亮的圆形彩虹,这些美丽的传闻,都是我在夏威夷从一位从事俳句创作的日本人那里听到的。据说他在夏威夷也想编一本夏威夷岁时记,这罕见的两种彩虹都是夏天的季题,可以写出"海上听风雨""夜半望飞虹"这样的句子,也许还有更贴切的词儿。在夏威夷据说也有"冬绿"这样的季题,听到这个词儿,我便想起了自己练习写作的俳句:

遍地皆绿，时时皆绿，去岁到今年。

作为描写夏威夷"冬绿"的俳句也许可以说得过去，因为这本来是今年元旦在意大利索兰特半岛写的一首。那时我离开落叶飘零、一派冬枯景象的日本，飞过北极上空，在瑞典住了十天。这里，太阳只低低地贴着地平线爬行了一会儿便沉没了，白昼甚为短暂。此后，又经过同样寒冷的英国、法国，来到意大利南部的索兰特半岛。仲冬时节，我眼里的森林、草木几乎一片青翠，游目骋怀，留下了鲜明的印象。街道树木上的橘子，染上浓浓的朱红色。但是这年冬天，意大利的天气据说很不正常。

元日朝雨至，四处茫茫然，
维苏威火山，白雪不复见。

海上骤雨降，山巅白雪落，
半岛大道上，朗朗阳光多。

元旦乘车游，夕暮方得返，

远望拿波里，灯光时可见。

第二首是乘车翻越山头时写的短歌，一进山，便下起了纷纷扬扬的鹅毛大雪，索兰特半岛发生了异变。

我很惭愧，自己不会写俳句、短歌或诗，但是在这遥远的国度，乘着旅行时的愉快心情，姑且学习写着玩玩。将这些游戏文字记在笔记本上，日后翻阅，也可以回忆起当时的情景来。

吟咏冬绿俳句中的"去岁到今年"，是送走去岁，迎来新年，即忆旧思新的意思。这是新年的季题，我采用这句话，是因为头脑里想起了高滨虚子（1874—1959）的俳句：

去岁到今年，时光一贯如棍棒。

这位大俳句家，住在镰仓我的宅邸附近。战后，我撰文赞扬虚子的短篇小说《虹》，老先生亲自来到舍下表示感谢，使我很过意不去。他自然穿的是礼服大褂，趿着高齿木

展。更引人注目的是脖子后面斜插着写有短歌的稿本①，这稿本是专为送我的，上面写着他自己作的俳句。我这才知道，原来俳人都有着这样的习惯。

镰仓车站，每逢岁末到新年，总是把城中的文人自创的短歌、俳句，悬挂在车站的院子里。有一年岁暮，我在车站看到了虚子的"去岁到今年"这首俳句，不由得一震。我对"时光一贯如棍棒"这句十分惊奇，甚为感佩。这是大家之言，我仿佛遭到了禅宗的当头棒喝。据虚子年谱所载，这首俳句写于一九五〇年。

作为《杜鹃》杂志主持人的虚子，看起来写了无数自由自在、无所造作的平淡的俳句，就像寻常闲话一般。但其中也有视野博大无比，令人震惊，意境幽邃的佳句。

虽言白牡丹，微微透红意。
秋菊渗淡枯，何物停上边？
秋季多晴日，迷离散异香。

---

① 原文作"短册"，载有诗歌、书、画的抄本。

一年复一年，默然去不返。

"一年复一年"与"去岁到今年"两句有共通的地方。有一年新年，我在随笔中引用了阑更的句子：

元日，但愿此心长存于世。

有一位朋友嘱我将这首俳句写在新年挂联上。细审此诗，或高或低，或俗或纯，总有些寻常说教的口吻。因有此种顾虑，只写了这一句便犯起踌躇，随即增写了他人的几首。

美哉兮美哉，岁暮夜空高。　　一茶
去岁到今年，时光一贯如棍棒。　　虚子
元日，但愿此心长存于世。　　阑更
新天舞千鹤，渺渺如梦幻。　　康成

我的这首俳句当然是跟朋友逗趣的，聊作笑谈。

小林一茶（1763—1827）的这首俳句，是我在镰仓一位古字画商那里发现的，记得上面还写有"一茶自笔"的字样。我没有考证这首俳句是在何时何地写成的。

何处寻故里,大雪五尺深。

一茶的故乡位于信浓的柏原和多雪的越后县境上的野尻湖畔,这首俳句或许是他的回乡之作。因为那里正是户隐、饭纲、妙高诸山的山麓,冬季夜空高寒爽洁,繁星如雨,荧荧生辉,况且又值岁末除夕的夜半。因此,他便在"美哉兮美哉"这种平常的词语里发现了美,并加以创造。

虚子的"时光一贯如棍棒"一句,是大胆无敌的语言,为凡人所不及。其中不正蕴蓄着深邃、博大、坚实的内容吗?"一年复一年""默默"这些词语,写入俳句是很难处理的。然而,清少纳言(生卒年未详,或推定为公元966年生,最后存世的资料为1017年)的《枕草子》中却有着这样一段话:

万物徒然逝不返……悬帆之舟,人之年华。春、夏、秋、冬。

虚子的"默默去不返"使我想起《枕草子》的"徒然

逝不返"。清少纳言和高滨虚子都能活用"徒然"这个词儿。相隔九百五十余年的两位文人，在语感语意上也许多少有些不同，但我以为这不同毕竟很小。虚子当然是读过《枕草子》的，然而虚子在吟哦这首俳句时，他脑子里是否有"万物徒然逝不返"这句话，或者据此做过所谓"掉书袋"的事，我不得而知。即便是仿作，也无损于这句俳句的意义。这里应当说明，"徒然"这个词儿，虚子比清少纳言用得似乎更为恰切。《枕草子》若照我的话来说，它当然也具有《源氏物语》的韵味，两部作品并驾齐驱，这是历史的必然。《源氏物语》的作者紫式部（生卒年未详，一般推定为978—1014）和清少纳言，两人都是光耀古今的天才，命运使她们生活在同一个时代。这个时代培育了这两个天才，并使之发扬光大。她们能够生活在这个美好的时代，也是命运所致。假如她俩早生五十年或迟生五十年，也许写不出来《源氏物语》和《枕草子》，两人的文才也不会那样高，所取得的成就也不会那样大。这是肯定的，又是可怕的。不管是《源氏物语》还是《枕草子》。我首先痛切感到的就是这一点。

感悟文学魅力
阅读陪伴成长

智能阅读向导为您严选以下专属服务

本书定制内容
- ☆ **走近作家**：了解作家生平信息，感悟作家作品魅力。
- ☆ **阅读方法**：阅读方法轻松学，学会读书效率高。
- ☆ **名言积累**：精美名言卡片，积累素材提升写作水平。

趣味拓展
- ☆ **知识闯关**：诺贝尔百科知识挑战赛，等你来闯关。
- ☆ **趣味拼图**：趣味拼图游戏，把精美插画带回家。

智能阅读工具
- · **阅读笔记**：在线分享读书心得，培养阅读好习惯。
- · **好书推荐**：好书推荐，精彩好书一触即达。

扫码添加
智能阅读向导

日本的物语文学，到了《源氏物语》出现高峰，因而达到了极限；军记文学到了《平家物语》（1201—1221年前后成书）出现高峰，因而达到了极限。浮世草子①到了井原西鹤（1642—1693）出现高峰，因而达到了极限；俳谐②到了松尾芭蕉（1644—1694）出现了高峰，因而达到了极限。还有，水墨画到了雪舟（1420—1506）出现高峰，因而达到了极限。宗达、光琳派绘画到了俵屋宗达（桃山时代，16世纪后半叶—17世纪初叶）和尾形光琳（元禄时代，17世纪后半叶），或者说到了宗达时期已经出现高峰，因而也到了极限。他们的追随者、仿效者尽管不属亚流，但这些继承者和后辈出生不出生，存在不存在都是无可无不可的事，不是吗？也许我这种看法过于严格，过于苛酷了，不过我作为一名文学家，却被这样的想法折磨着，自己生在当今这个时代，寄诸时世之命运，不妨考虑一下自己的命运。

我主要是写小说的，在今天，小说果真是最适合这个时代的艺术和文学吗？倘若如此，不免有这样的疑问：小说的

---

① 江户时期小说的一个类型，反映都市中下层社会生活的庶民文学。
② 通称具有滑稽意味的诗体文学。

时代不正在离去吗？或者说文学的时代不正在离去吗？纵观今日西洋小说，也会产生这样的疑问。而且，日本移入西洋文学约有百年，这时期的文学就其日本风格来讲，尚未达到王朝时期的紫式部或元禄时期芭蕉那样高的水平，就开始衰退削弱下去了。或者说，日本文学将来还会有上升期，今后还会产生新的紫式部和新的芭蕉，倘若如此，这倒是值得庆幸的。我总认为，明治以后，随着国家的开化和勃兴，虽然出现了一些大文学家，但许多人在西洋文学的学习和移植上花费了青春和力量，为启蒙事业消耗了半生，而在以东方和日本为基础进行自我创造方面，却未能达到成熟的境地。他们是时代的牺牲者。他们似乎和芭蕉不同——"不知不易则难于立根基，不知流行则不可树新风"。

芭蕉遭际时代的恩惠，是那个时代发扬和培育了他的才能。他为众多的贤良弟子所敬慕，被世人所承认和尊崇。尽管如此，他在《奥州小道》这部旅行记中一角写着"死于道路，此乃天命"的话。

道上无行人，秋日已黄昏，

当此秋深时，邻人作何事？

芭蕉在最后的旅行中写下了这样的俳句：

旅途抱病日，枯野梦中游。

他就是这样在行旅之中写下这首辞世歌的。

我住在夏威夷饭店的时候，主要阅读了《源氏物语》，顺便阅读了《枕草子》。这是我第一次真正弄明白《源氏物语》和《枕草子》、紫式部和清少纳言的差异。连我自己都很惊奇，我怀疑这是因为自己上了年岁的缘故。但是在深邃、丰富、广阔、博大、严谨等方面，清少纳言远远不及紫式部，我的这种新感受至今不动摇。关于这些，过去也十分明了，从前也有人说过，但是对于我却是新发现，或者说变得更加确定无疑了。那么，紫式部和清少纳言的差异，用一句话如何说呢？紫式部有一颗流贯到芭蕉的日本的心；清少纳言所具有的只是别一种日本的心。一言带过，旁人也许会对我这话产生疑问和误解，或提出反驳，那也只好悉听尊便了。

　　根据我的经验，对待自己的作品也罢，对待今人古人的作品也罢，其鉴赏、评价常随时世而转变。有大转变，也有小转变。始终坚持相同论点的文艺批评家，要么是伟人，要么是傻瓜。也许过了些时候，我又把清少纳言同紫式部相提并论，这种可能不是绝对没有。我在少年时代不明事理，只是顺手拿起《源氏物语》和《枕草子》读着。当我放下《源氏物语》转向《枕草子》的时候，顿时觉得赏心悦目起来。《枕草子》优美，鲜明，光彩焕发，明快有力而富有情致。作家的美感和感觉通过新鲜而敏锐的叙述流贯全篇，联想的翅膀载我飞向九天之外。也许因为这个，有的评论家认为我的文风与其说是从《源氏物语》毋宁说是从《枕草子》受到了影响。后世的连歌和俳谐，在语言表现上，和《枕草子》也许有比和《源氏物语》更多共通的地方。不过，后世文学所仰慕学习的当然不是《枕草子》，而是《源氏物语》。

　　　　诸多物语中的这一部物语，殊为优秀难得，真乃古今无与类比。先前的旧式物语，论物行文不见作者深心。大凡动人之情节，总是写得既不细又不深，后来的物语……着意效法此物语之样式而甚劣于此物语。惟有此物语殊有深意，通篇皆用心写成，且不说所有文辞精粹可喜，就连那春夏秋冬四时天候之景象，草木之状态，也都显得文采斐然。男男女女，人们的心理情绪都写得迥然不同，各得其所。……如睹现世之人，皆可推而想之。纵有朦胧之笔，而无不及意也。

本居宣长（1730—1801）在《源氏物语中的玉小梳》一文里这样写道。他是《源氏物语》的美的最伟大的发现者。

抒写人情之妙笔，为国内国外，古今后世所不可比拟也。

宣长所说的"古今后世"，不仅指过去，还预言到未来。这"后世"的说法看来是宣长过分激动所致，但不幸的是，正为宣长所言中了。从那时直到今天，日本未曾出现过一部比得上《源氏物语》的小说。我说"不幸"并非为了玩弄辞藻，也不只是我一个人有这样的看法。紫式部作为民族的一分子，在九百五十年或一千年之前写了《源氏物语》，我期望着可以同紫式部相媲美的文学家早些出现。

印度的诗圣泰戈尔（1861—1941），在访问日本的讲演中指出："一切民族都具有在世界上表现本民族自身的义务。假如没有任何表现，那可以说是民族的罪恶，比死还要坏，人类历史是不会原谅的。一个民族，必须展示存在于自身的最高尚的东西。一个民族应该是宽容大度的，它的丰富而高洁的灵魂要承担这样的责任：跨越眼前的利害，向另一个世界输送本国文化精神的宴飨。"他还说："日本产生了形式完美的文化，它具有从美中发现真理、从真理中发现美的敏锐的洞察力。"远古的《源氏物语》至今依然比我们更为有效地履行着泰戈尔所说的"民族的义务"，将来或许继续履行着这样的义务。这是可喜的，但又是可悲的。

泰戈尔说，日本"具有从美中发现真理、从真理中发现美的敏锐的洞察力。我认为，使日本重新觉悟到这一点，正是像我这样的外国来访者的责任。日本树立着一种纯正、明确和完善的东西，一个外国人比你们本身更容易理解这种东西究竟是什么。这对全人类来说，无疑是很宝贵的。在众多的民族里，唯有日本产生了这样的东西，这并非决定于日本

民族具有的单纯的适应性,而是从它内部的灵魂深处产生出来的"。(高良富子译)

泰戈尔的这段话,是他在首次访问日本时的讲演中说的。那是大正五年(1916),在庆应义塾大学,讲演的题目是《日本之精神》。那年,我还是旧制学校的一名中学生,至今仍然记得我在报上看到的他的那幅特大照片的样子。这位诗人有着蓬松的长发,长胡须,穿着宽大的印度服,身材

高大，目光明亮而深邃，是一位圣哲的风貌。白发柔软地纷披在前额上，鬓角的毛发像下巴的胡须一样长，一直长遍两腮，同下巴的胡须连成一片。那副脸庞就像东方古代的仙人，给少年时代的我留下鲜明的印象。泰戈尔的诗文有一部分是用浅易的英文写成的，中学生也看得懂。因此，我也多少读了一些。

泰戈尔一行由神户港登陆，乘火车到东京去。据说后来他告诉朋友："当抵达静冈车站时，一个僧侣团体焚香合十迎接我。这时我才想起是到了日本，高兴地流出了眼泪。"这里指的是静冈市佛教团体"四誓会"的二十名教徒的出迎队伍（据高良富子的译注）。泰戈尔之后又来过两次，他一共是三访日本。关东大地震的翌年（1924），他到日本来，曾经讲过："灵魂永恒的自由来自于爱；伟大藏于渺小之中；从形态的羁绊中可以找到无限。"这正是泰戈尔思想的根本。

提起静冈，我现在夏威夷旅馆正品味着静冈县的"新茶"，八十八夜采摘的新茶。在日本，立春后第八十八天，今年（1969）正值五月二日。这"八十八夜"采摘的新茶，传说是延年益寿、消灾灭病的妙药，自古被看作贵重的吉祥茶。

> 春来八十八，
> 漫山遍野绿叶发，
> 君不见正采茶。
> 草笠儿，头上罩；
> 红裆儿，腰间扎。

　　这样的采茶谣随处都能听到。这是十分亲切的歌，使人有季节变化之感。茶园的村寨里，到了"八十八夜"这时候，村里的姑娘们一大早同时出动，采摘新茶，她们裆着红底蓝条儿的腰带子，戴着草笠儿。

　　静冈县家乡的一位朋友，嘱托静冈的茶店，通过航空给我寄来了新茶。五月二日新采的，五月九日就邮到了檀香山的旅馆。我小心地沏了一些，立即品尝起这日本五月初的香茶来。这不是茶道所用的"抹茶"或"茶末"，而是煎茶的叶茶。从茶汤而论，有"薄茶""浓茶"之分，这在今天，仍按各人爱好和时尚不同而加以选择。从礼节上讲，宾客应向主人询问茶的名称。制茶店分别给茶叶标上各种雅号。这同咖啡和红茶大致一样，点出的茶的香气和味道反映着点茶人的品格和心地。江户、明治时代为文人所津津乐道的煎茶道，今日虽然日见衰微，煎茶的做法姑且不论，但在品味和冲泡煎茶等方面，依旧讲求风骨、雅驯和情感。

  我是以喜悦的心情泡制新茶的，因此我沉浸在一种圆润而甜软的香味里。檀香山水也好。我在夏威夷品尝着新茶，心中想起了静冈县乡间的茶园。那些茶园布满了山冈，连绵无际。我曾经乘东海道火车经过那一带，我心中浮现的是从车窗里望到的茶园。那也是早晨和黄昏的茶园，朝暾或夕阳倾斜的光线，照射着茶园里一排排茶树，浓荫沉沉地印在地上。茶树低矮而齐整，叶片繁密，肥厚。除了嫩芽之外，叶的颜色裹着一层深绿，碧森森的。行与行之间印着一道黑沉沉的阴影。早晨，那绿色似乎刚刚静静地睁开眼来；傍晚，那绿色仿佛将要静静地睡去。一天黄昏，我向车窗外面一瞧，山冈上的茶园像碧青的羊群沉沉欲睡了。那时新干线尚未建成，乘东海道火车从东京到京都要疾驶三个小时。

东海道新干线也许是世界上最快的火车。乘坐这种快速火车，车窗外的景致完全失掉了情趣。要是乘坐原来的东海道线，凭借原来的速度向车窗外眺望，像静冈县茶园那种诱人眼目的景物还是有一些的。其中，印象最鲜明、最使我感动的是，当从东京始发的列车进入滋贺县时的近江路的风光。

我与近江人，共惜春归去。

就是芭蕉这首俳句里的近江。我每当踏上春天的近江路，必然想起这首俳句。我惊叹芭蕉对美的发现，仿佛我自身的情感也包含在这首俳句里了。

尽管这样说，我对这首俳句却有着我自身的感受。人们常常会把自己所喜爱的诗歌，甚至小说变为自己的东西，置于自己的情感之中，随心所欲加以鉴赏。这倒是最普通的鉴赏方法，全然不顾作者的意图，作品的本质，还有学者和评论家的研究和评论，游离开去，一无所知。对于古典文学也是如此。作者一搁笔，作品便带着自身的生命走到读者中间去了，它们如何被利用，如何被砍杀，一任它们所遇到的读者，作者是无法追寻的。"一旦离开几案即成故纸。"这是芭蕉的话。然而芭蕉说这句话时的意思，和我引用这句话的意思已经大不相同了。

"近江春归"这首俳句，我竟然忘记是收在《猿蓑》（元禄四年，1691年刊行的俳句集）里的了。在这首俳句里，我只感受到"春之近江"或"近江之春"成为这种心情的依据。我心目中的"春之近江"或"近江之春"里，分布着明亮的金黄的油菜地，绵延着绮丽的淡红淡紫的紫云英田，还有春霞去凝疑的琵琶湖。近江有着许多油菜地和紫云英田，然而，更使我感叹的是，列车进入近江时列车外面的风光和我的故乡一模一样。柔和的山峦，繁密的树木，风光纤细而优雅。来到京都的门户，京都已出现在眼前，这里是近畿地方，已经进入畿内了。这里是平安王朝和藤原时代（794—1192）的文学、艺术、《古今集》、《源氏物语》、《枕草子》的故乡。我的故乡是《伊势物语》（10世纪成书）里描写的芥川流域，是风物贫乏的农村。因此，我把坐车花半小时到一小时就可到达的京都当作是我的故乡了。

我在檀香山卡哈拉·希尔顿饭店，第一次认真研读了山本健吉（1907—1988）在《芭蕉》一书中对"我与近江人，共惜春归去"这首俳句的评释。据说芭蕉写这首俳句不是在沿东海道上行的时候，而是从伊贺来到近江的大津的时候。《猿蓑》里标着"惜春望湖水"的题词，也载有"志贺唐崎泛扁舟，人人相谈春之暮"题词的真迹。再者，"近江人"的"人"似乎也有着某种人事上的关系。可是当我从山本健吉的评释里抽出这段颇合我的话之后，又发现他还写道：

> 关于这首俳句，《去来抄》（向井去来，1651—1704）上有下面的传说。"先师曰：尚白（江左尚白，1650—1722）难之：近江应为丹波，晚春亦当岁暮。汝以为如何？去来曰：尚白所难非当。湖水朦胧而生惜春之情。今日奉侍尤佳。先师曰：然也，此国古人之爱春绝不亚于京都。去来曰：此一语贯我心中。若岁暮于近江，安能有此感乎？若晚春在丹波，亦难有此种情感。风光感人，诚哉斯言。先师曰：汝去来堪同我共论风雅。殊更悦之。"《枭日记》（各务支考，1665—

1731）元禄十一年七月十二日，"牡丹亭夜话"条中有同样的记载，最后记着去来的话："风流自在其中。"支考也说："当知其中之事。"

风流在于发现存在的美，在于感受发现的美，在于创造感受的美。"风流自在其中"中的"其中"，可以说是至关重要的场景，是上天的惠予。若能知"其中"，则可以说是美之神的馈赠。"我与近江人，共惜春归去。"只不过是一首平明的俳句，但因为场景是"近江"，时候是"晚春"，这里就有着芭蕉对美的发现与感受。其他场景，比如"丹波"，其他时节，比如"岁暮"，就不会像这首俳句富于生命力。如改成"我与近江人，共惜岁已暮"，便没有"我与近江人，共惜春归去"的意趣。长年以来，我抛开芭蕉写作此句的本意，仅凭自己的感受解释这首俳句，但总觉得"春逝"和"近江"在芭蕉的心中是相通的。诸位可以认为我这是强辩或者诡辩。

说到"场景"，就像前面提到的静冈的茶园一样，我心中立即想到《源氏物语》的《宇治十帖》。宇治和静冈是日本茶的两大著名产地。提起静冈的茶园就想起宇治，这是自然而又无任何疑义的联想。然而，我在檀香山饭店阅读《源氏物语》，宇治一词就不单单是个地名了。这是《宇治十帖》的宇治，也就是《源氏物语》五十四帖最后的十帖。《源氏物语》第三部的"场景"就只能是宇治。这种联想也是我的望乡之思，多少有些微妙。而且，紫式部将宇治作为这一场景加以描写，使后世的读书人一想起这种场景就只能是宇治，这是作家紫式部的笔力所致。

> 投身泪河流水湍，
> 谁设栅栏将我拦。

> 决心赴死殉故人，
> 抛别此世不稀罕。

这是《习字》一章里浮舟的歌。"那时，横川住着一位道行高深的僧都。"这位横川的高僧，率领弟子僧众到初濑这地方还愿回来，路过宇治，从宇治川里救起了浮舟。被救之后,她稍稍恢复了神志,习字时写了这首歌。

晚上,到初濑还愿的一个僧人和另一个僧人,对下藤法师说:

我等手擎灯盏走到没有一个人影的后院,但见一片树林,"四周一片阴惨惨的",这时忽然发现一团白色的东西。

"那是什么?"

于是站定,将灯火燃亮,一看,好像是什么东西打坐于地。

"莫非是狐狸精,真可恶!叫她现出原形来!"

……再走近一些,只见那物长着光艳美丽的长发,依偎在大树根下嘤嘤啜泣。

真是稀奇又古怪,莫非就是狐狸精?于是,他们喊来横川的高僧,也把寺院值宿的人叫来了。

"你是鬼是神?是狐狸精还是树妖?天下第一位得道高僧就在这里,你能隐藏住吗?快快报上姓名来!"

说罢,伸手扯了扯衣服。那人掩住脸面痛哭起来。

是"树妖"还是"古代传说中的那个无目无鼻的鬼"?

僧人想把她的衣服剥下，她便俯地痛哭。

"雨下个不停，倘若就这么放着，她必死无疑。"众僧把她抬到墙根下。

这时，僧都说道：

"确实是个人的样子，眼看着她要绝命而放着不管，也不近情理。池中的游鱼，山上的鸣鹿，眼看被人捕捉而见死不救，该是多么悲惨的事。人命虽然不很久长，然而残生只有一两天也应该加以珍惜。不管是被鬼神所祟，或被人所胁迫和诱骗，总是濒临死于非命的境地，应该受到菩萨的救助。且给她喂些汤水，救她一命，即便最后必死也就罢了。"

就这样，僧人让得救的浮舟躺卧在"无人喧嚷的静谧之处"。僧都的妹妹看到"一个年轻貌美的女子，身穿一件白绫袄子，外边系着红裙，芳香四溢，气韵高雅。于是联想到这位浮舟定是自己死去的女儿转世，倍加爱护体贴"。她说"看到一位梦中的美人儿""亲手给浮舟梳头"，她以为这就是"从天而降的仙女"，比"伐竹老翁发现那位竹子姑娘还要神奇"。

· 153 ·
花未眠

要是这样叙述《习字》这一章，恐怕得到天亮。要讲解《宇治十帖》也得花上两三年时间，我在这里只好割爱。由紫式部的美文笔调而联想到"竹子姑娘"，因为她引起了我的注意。《源氏物语》的《赛画》一章说："物语的鼻祖是伐竹老翁。"后边一提到《竹取物语》就引用这句话。紫式部在《赛画》一章还写道："这表现竹子姑娘故事的画时时被当作赏玩之物"，"竹子姑娘不为浊世所染，怀抱清高之志"，"竹子姑娘升天而去，是凡人所无法企及的事，谁也不知其中奥妙"。而且《习字》一章中说："比伐竹老翁发现竹子姑娘还要神奇。"

很久很久以前，有个伐竹老翁，上山伐竹，做成各种竹器。他名叫赞岐造麻吕。他发现竹林中有一根放光的竹子，十分好奇，走近一看，那竹节中亮光闪闪。定睛一瞧，原来是个三寸高的小美人儿。老翁说道："你藏身于我朝夕相守的竹林里，就请做我的女儿吧。"于是他把小人儿捧在手心里带回家中，交给老妻抚养。这小人儿生得美丽动人，因为实在幼小，便放入竹篮里小心伺候。

我在初中时代第一次读到《竹取物语》（成书于十世纪初）的开头一段文字，感到实在优美。我看见过京都嵯峨野的竹林，看见过较之京都更近些的我家乡附近山崎和向日町一带的生产幼笋的竹林。我想象着竹林"闪光的竹节里一定住着竹子姑娘"。我这个初中生当时根本不知道《竹取物语》是根据古代的传说故事编成的，我十分信服《竹取物语》的作者对美的发现、感受与创造。自己也试图这样做。这部日本远祖小说的构想，其美妙无以言说，令我心驰神往。少年的我，感到《竹取物语》是一部对圣洁处女顶礼膜拜、赞美永恒女性的书。它令我如醉如痴，也许是这份童心未泯吧，我至今对《源氏物语》中紫式部写的"竹子姑娘不为浊世所染，怀抱清高之志"，以及"竹子姑娘升天而去，是凡人所无法企及的事"这些话，不仅仅当作一种修辞而引入自己的文章。我在檀香山重读了今天日本文学研究家的一些评论，他们认为，《竹取物语》恰恰表现了成书时代的人们对于无限、永恒、纯洁的思慕和憧憬。将"三寸"的小美人儿竹子姑娘"装入竹篮里抚养"，装进用竹子编成的篮子里养育，在少年的我看来，实在美极了。我想起《万叶集》

(成书于8世纪)开卷第一首雄略天皇的《御制歌》:

> 篮儿呀,你挎着篮儿。
>
> 铲儿呀,你拿着铲儿。
>
> 山丘上剜菜的女孩儿呀,
>
> 快告诉我你家在哪里,
>
> 叫什么名字。
>
> 这美丽的大和之国,
>
> 都是我的领土。
>
> 皆听命于我的统治。
>
> 我的姓名和家世,
>
> 都已经告诉于你。

我想起山丘上剜菜的少女手中的小篮子。我又由飞升月宫的圣洁处女竹子姑娘想到了真间的手儿奈姑娘。众多的男儿追逐她,她谁也不应允,终于投井而死。缅怀葛饰真间的手儿奈,自然使我联想起《万叶集》中的和歌来:

……………

葛饰真间手儿奈，传闻墓冢在这厢，

古树叶茂松根远，莺声芳名永不忘。

反歌二首

来者听我言，葛饰有真间，

少女手儿奈，香消在其间。

葛饰真间湾，玉藻水中摆，

我欲割玉藻，忽忆手儿奈。

山部赤人（8世纪）

鸡鸣吾妻国，自古传百代。

葛饰真间女，芳名手儿奈。

麻衣着青衿，麻裙放光彩。

香发不用梳，素足香罗带。

锦绫裹窈窕，娇娜我心爱。

容颜赛满月，巧笑似花开。

翩翩少年郎，愿结百年好。

如蛾近灯火，如舟泊港奥。

人生叹几何，一朝付缥缈。

妹卧青冢里，日夜闻波涛。

此桩远古事，至今传未消。

反　歌

葛饰真间井，见之发幽思，

美女手儿奈，前来汲水时。

高桥虫麻吕（8世纪）

真间的手儿奈似乎是万叶人心目中一位理想的女性。还有一位菟原处女，她一人被两个男人激烈争夺，长叹道："他俩赴汤蹈火，势不两立，妹子告诉母亲：我一卑贱女子，看见这两个男人争斗不息，怕今生今世难以相逢，就相约于黄泉吧。"说罢就自尽了。菟原处女的传说，也被虫麻吕写进了长歌：

悲叹妹已去，壮士梦血沼，

相随齐观看，情断魂已消。

菟原两壮士，仰天长号啕，

伏地咬牙齿，自悔拔佩刀。

众人跑出来，只见两个壮士也死了。

乡亲们一起商量，为少女建造一座陵墓，以便永世不忘，代代传扬；并将两个壮士陪葬于左右两旁。这故事虽然久远，但听起来仿佛就在眼前，令人泪下。

我在少年时代，从日本古典文学中，首先阅读了散文部分的《源氏物语》和《枕草子》等书籍，后来才读了成书较早的《古事记》（712）以及成书较晚的《平家物语》（13世纪初），还有西鹤（1642—1693）、近松（1653—1724）等。和歌方面读了平安时代的《古今集》。首先读的是奈良时代的《万叶集》，与其说是有选择地阅读，不如说是受当时时代潮流的影响。在语言上，《古今集》确实比《万叶集》更好懂，但对年轻人来说，《万叶集》反而比《古今集》和《新古今集》更易理解,也易于受到感动。

现在想想,这是非常粗浅的看法。散文方面,我读了女性的"妩媚娇柔",也读了男性的"勇武刚毅",这是颇有意思的。就是说,我接触了最高水平的东西,这是件好事。从《万叶集》到《古今集》,在这一变化过程中,出现过种种情况。这虽说是粗浅的看法,但从《万叶集》到《古今集》,使我联想到由"绳文"到"弥生"的转变。那是土器、土偶的时代。"绳文"的土器、土偶表现了勇武刚毅;"弥生"的土器、土偶表现了妩媚娇柔。当然,也可以说,"绳文"一直贯穿着五千年之久的历史。

我在这里突然提到绳文,是因为我觉得战后最新发现和感受到的日本美是绳文的美。土器土偶几乎都是从地下发掘的东西,这是存在于地下的美的发现。当然绳文的美在战前已为人们所熟知;然而到了战后的今天,这种美才得到肯定和推广。人们重新认识了日本古代民族神奇怪诞和富于坚强生命力的美。

从《源氏物语》的《习字》一章就滑入了联想的斜道,没有返回《源氏物语》上来。横川的僧都在救助浮舟时说过

这样的话:

> 池中的游鱼,山上的鸣鹿,眼看被人捕捉而见死不救,该是多么悲惨的事。人命虽然不很长久,然而残生只有一两天也应该加以珍惜。不管是被鬼神所祟,或被人所胁迫和诱骗,总是濒临死于非命的境地,应该受到菩萨的救助。……救她一命,即便最后必死也就罢了。

梅原猛(1925—2019)对这段话加以解释:"浮舟确是为鬼神所祟,遭人遗弃和欺骗的走投无路的人,除了一死别无其他生路的人。对于这样的人,佛祖才救助她。这正是大乘佛教的核心。人为鬼神所祟,烦恼无尽,失去了求生之路,只有绝路一条。只有这种走投无路的人,才是佛祖要救助的人。这是大乘佛教的核心,同时也是紫式部的信条。"而且,梅原猛还说,假如横川僧都的原型就是那位横川的惠心僧都,即《往生要集》的作者源信(942—1017),那么,紫式部在"《宇治十帖》里就是对当时最大的知识分子源信发出的挑战"。"她敏感地抓住源信的说教和生活的矛盾,

对此发出了批判的箭矢。"被佛拯救的人，"不是像源信那样的高僧，而是浮舟那样的女罪人，一个愚蠢的女人。我仿佛听到紫式部这样呼喊"。

紫式部怜惜浮舟，使她悄悄走向清净之界。她虽然写完了《源氏物语》，却留下了袅袅余韵。我在这里所谈的有关《源氏物语》的美还未摸到门径，但我不会忘记美国的日本文学研究家例如爱德华·赛登斯蒂卡、多纳尔德·金、艾凡·摩利斯等人。我从他们优秀的《源氏物语》评论中受到很大启发。将《源氏物语》推向世界文学之林的翻译家阿萨威利,十年前在一次英国笔会举办的晚餐会上,我同他相邻而坐。我们彼此使用蹩脚的日语和英语交谈,有时用英文和日文笔谈,留下了难忘的印象。我说希望他到日本来,阿萨威利回答说,那样就会幻灭的,不能去。

"我认为外国人比日本人更容易理解《源氏物语》的意味。"读到多纳尔德·金的这句话,使我大吃一惊。(见1966年8月16日《信浓每日新闻》上的《山麓清谈》)他说:"我涉足日本文学是在读了《源氏物语》英译本并受到深深感动之后。我认为外国人比日本人更容易理解《源氏物语》的意味。原文很难读,不容易懂。现代语译本,包括谷崎润一郎先生所译的在内,已出版许多种。但是为了尽量传达原文的韵味,不得不使用许多现代日语中所没有的词儿。而读英译本就没有这种顾虑。因此,通过英语阅读《源氏物语》,实在感到有一股迫力。我认为,《源氏物语》比19世纪的欧洲文学,从心理上更接近20世纪的美国人。因为人物描写十分鲜明生动。……要说《源氏物语》和《金色夜叉》[①]

---

① 尾崎红叶的长篇小说,描写男主人公在未婚妻被富豪抢夺后,发誓做一个高利贷者向社会复仇的故事。

哪一个更古雅，《金色夜叉》要古雅得多。《源氏物语》的人物栩栩如生，在这一点上常读常新，价值不渝。此书和20世纪的美国相比，在时代和生活上虽然不同，但绝不是一部难以理解的作品。因此，纽约的女子大学甚至把《源氏物语》列入20世纪文学讲座之中。"

"外国人更容易理解。"多纳尔德·金的话和泰戈尔所说的"外国人比你们自己更易于理解"的话不谋而合。我感受到了美的存在和发现的幸福。

（1969年5月16日在夏威夷大学菲罗分校的公开讲演）

（昭和四十四年五月）

东山魁夷

美丽的地图

"临场若有神助。"我时常想起一位风景画家朋友的话。所谓"临场",就是画家发现而要描绘下来或已经面对正在描绘的自然。所谓"神",就是画家自身的感应,是灵感。自然同画家邂逅,而且生命相互交合,自然与画家融为一体。但光是这一点还无法表现,还要加上神的秘迹。虽说艺术皆应该如此,但实际上却不尽然。在所谓自然这一现场里,还应包括季节、时刻,包括画家的身心情态。一处自然景点,一个画家的身心,严格地说,一旦加以微妙的观察,时时刻刻都在不停地变化。因而,所谓临场若有神助,就是自然与画家美丽而幸福的邂逅，实现了"一期一会"，亦即生命中唯一的一次相遇。

我为何要在这里记述这些浅显明白的道理呢？因为在我看来，东山魁夷君的北欧之旅就是与自然那样的邂逅。这也是极为明白的事。但东山魁夷君纵然不到北欧旅行，不画北欧之景，北欧的自然依旧不变，东山君这位日本画家依旧卓然而立，二者各自俨然存在。但是，东山君一旦去北欧旅行，描绘北欧，二者相遇、结缘，产生了东山君的北欧绘画（同时还有游记散文）这样的艺术品。这些作品不用说是北欧的，也是东山君的；是东山君的，也是北欧的。与此同时，其中还有一位美神存在。因为美要借助发现者和创造者之手，才能成为世界之物，给予神助的只能是东山君了。北欧自然风物的存在是东山君的幸福与喜悦，东山君的存在不也是北欧自然的幸福和喜悦吗？东山君的北欧礼物给我们带来幸福与欢乐，这份礼物就是《东山魁夷北欧画集·森林湖泊集》所收入的风景画、《白夜之旅》的游记与素描，还有这册版画《在古镇》、素描和文章等，丰富多彩，令人惊讶，令人难以置信。

开头所说的临场若有神助，乃天才之人或千载之偶遇，或期盼之必然。东山君内藏热烈之忧郁，外现静澄之稠密，如此成就，多出自必然之势。东山君对北欧之旅早有憧憬，早有准备。他和北欧的邂逅，是夙愿，是东山君亲自创造的美好的命运。但此种偶然和必然是不可分割的。再说，北欧的自然风物似乎将东山君的准备和预料完全推翻，以鲜洁与深爱映入东山君的眼帘，使得东山君从这片异国的土地上感受到故乡的温情。作品的素材成为优秀的艺术，是因为画家作为心灵的故乡，在北欧寻找到最合适的例子。故乡是巡礼的出发点，是遍历的回归地。不，艺术家的生命之旅随时随地存在，然而故乡并非随时随地可以寻觅，也很难一遇。由于东山君对北欧的深爱与喜悦之情之高涨，北欧对于我们，也仿佛成了美丽的故乡。

我以为，在北欧礼品中，最能使得东山君达于高峰的深爱与喜悦之情，欢快地展现出来的，当数这册《在古镇》的版画以及素描与文章。可以说，这是对亲切的家人般的馈赠。东山君郑重而强力地向世间发表收获的时候，他一边满怀留恋地回忆旅行的见闻，重温北欧巡礼的感动，收集所爱之物。这是一本精心编集的书。对于东山君众多的北欧作品，即便是这册版画集，之所以没有写过自己的感想与解说，是因为面对东山君北欧礼物般的青春洋溢的作品，尤其首先要虚心以待，这一种荣幸，我不想给它造成障碍。况且，东山君自己的文章也都将一切言之殆尽了。

（昭和三十九年十月）

东山魁夷《和风景的对话》评

这是一本优美动人的书。读着它，自然的启示，人类的净福，像清泉一般流过胸间。这是风景画家东山魁夷半生的回忆，心灵的遍历，艺术的自白。他试图借此追索和探求美的精神，究明美的本源。他的以个别推及一般的心愿，通过明静、温和、绵密的论述得到了实现。他用散文诗般的文字弹奏着美妙的乐章。

东山君一生富有东西（东方、日本和西方）北南（北欧和南欧，日本的北方和南方）各方面的体验和素养，对文学和音乐抱有执着的爱,这种爱超过他的理解。他的广泛的兴趣,在这本《风景的对话》中,也得到了丰富而明确的体现。作为一名日本画家、风景画家,他自觉服从命运的安排,阐明了自己对日本的美的认识。他一方面将旅行当作人生,当作艺术,把流转无常看成人类的命运;另一方面又将孤独和忧愁埋在心底,对万物抱着肯定的意志,并努力加以贯彻,经常从自然中获取新鲜的感受,始终生活在谦虚、诚实的情爱之中。风景画家东山君的这一品格,在这本书里也奏出了高扬的曲调,使我们备感亲切。这确是一本谈美的好书。

(昭和四十二年五月)

留住京都的姿影

晚秋青莲院,巨樟嫩叶鲜。

绿荫罩大地,日光三两点。

我不写和歌，说不准是"在晚秋"好，还是"晚秋的"好。也不知道是"绿叶之色广映"好，还是"绿叶之色广照"好，或者说"绿叶广布漏日影"那种拗口的词语更有趣。总之，那时我是站在青莲院门前樟树下面，转悠了一圈儿，然后仰望巨树，留下今日的印象。纵然"晚秋"，依旧"嫩叶之色"青青，低垂广布的树枝，细叶密集，映射着冬日到来之前正午的太阳。那光线透过叶丛，老树蒙绿，充满青春的活力，随手写下了这首和歌。苍郁的老树干，坚挺强劲的枝条，错综弥漫露出于地表的匍匐妖艳之态，实为我那首不成熟的和歌所不及。季节由"晚秋"向"近冬"移转，京都红叶灿烂至极，同常绿相互映照，正是一派"晚秋"景象。只是今日的我，在这棵熟悉的大樟树上，发现叶色如此鲜丽，非常感动。这种青青叶色，正是东山君所描绘的颜色。

东山君的组画《京洛四季》中有一幅画了这棵"经年老树"大樟树。我是去看东山君所描绘过的樟树的。为了商谈如何为来年春天的东舞写作台本，昨天拜访了西川鲤三郎君，在名古屋住了一宿。但是，为了给画集《京洛四季》写稿，最好还是置身于这座京洛古城，定能亲眼看看东山君绘画的实景。于是，我在名古屋告别妻子，独自一人回到京都，今日观看了樟树。来往名古屋都是乘汽车经过名神高速道路。一路上赤日炎炎，正在沉落。

秋暮夕阳红光里，正中高耸伊吹山。

"秋暮夕阳"好，还是"秋天红"好呢？是"正中高耸"好，还是"正中一座"好呢？我也闹不清楚。由于不熟悉俳谐语言，不管哪一个词儿，都不是我常用的语言。高速公路的正对面，一派晚霞之中，只有一座伊吹山高高耸峙，巍然屹立，其宏伟之姿或许更适合于硬度语言的表达。

青莲院门前的大樟树庄严、雄伟；不仅如此，它还优雅，妖艳。我在美国和欧洲大陆也看到和注意过古老的大树，尽管高大得离奇，却不像日本古树那般优艳、纤丽；也缺少高雅和神韵，更没有亲切和细腻。那里的人也不像日本人一样，具有爱名木、名石的传统。青莲院的大樟树，固然同我这个日本人的心灵相通。去年，参加三国町高见顺石碑揭幕式归途中，路过金泽，应邀观赏所谓"三名松"，我被深深打动了。我不敢相信本世纪竟然还有如此美好之物存于世间。日本人花费数百年创造了"一树之美"，并传承下来，并深深根植于心灵之中，是极为难能可贵的。东山君称之为"经年老树·青莲院的樟树"，在《京洛四季》多幅绘画中，是最富代表性的写生画。看起来，东山君的绘画将我无法尽言的古老巨树之礼赞，做了完美的阐发与补充。

东山君往年有大作《树根》，这幅画仅见于画集，尤其给我留下深刻印象。青莲院樟树树根匍匐蔓延，绘画《树根》中的树根盘缠虬曲，此两种姿态均具有妖魔般的巨大力量，脚踏大地，头顶蓝天。在我看来，其强劲妖冶之美，是自然与人类永无止息的生命的象征。不用说，此种难得一见的姿态，也有着东山君的发现。东山君在以前的北欧之旅汇报系列展中，也画过巨幅的大树。我一向重视古老大树深远的生命内涵，曾经专门到各地寻访过，又在东山君的大树以及树根画中感受到了。仰望着具有数百年甚至一两千年树龄的巨树，坐在树根上，自然不能不想到人的生命的短促。这不是空茫的哀伤，反而是强劲的精神的不朽。此种精神的河水，同大地母亲相亲相依，交融一体，自大树梢头向我流泻而来。我发现晚秋的大樟树的绿叶之色，也是凭借此种精神。"老树一花开"就很好，如今是"老树万花开"。然而，从阳光映射、日影下漏的巨大樟树的绿叶丛中，我又发现比幼小的樟树更为细密的嫩叶，那也许是巨树的返老还童吧？

再不然，那也可能是晚秋的大樟树，那种像嫩叶一般鲜丽的绿色，抑或就是京都树木本来的绿色。京都树叶的青，竹叶的青，都不同于东京一带地方。因为我要为东山君的《京洛四季》撰写文章，故而今年秋天，我特别留心看到了这一点。

时雨霏霏降，红叶光悦墙。

今年，光悦会的茶席上，见到觉觉斋题有"时雨霏霏"名句的茶勺，方晓得"时雨霏霏"这个词儿。因为深感光悦会时节京都的秋景，同这个词儿很相合，所以写了这首戏作性的俳句。可那天是小阳春天气，就连背山也不见一丝雨水，只不过强拉"时雨霏霏"这个词儿装装门面罢了。不过，我是长久地坐在光悦墙正对面的机机上，一边烤着木柴火，一边同朋友、茶人、茶具店伙计闲聊，午餐时一起吃盒饭。光悦墙前面是胡枝子，后面是红叶，东山君如实地绘入了画面。我一面望着眼前的实景，一面凝望着东山君《秋寂·光悦寺》的画面。那面墙的后头，有竹丛，我对妻子低声说："那正是东山君画里竹子的颜色。"离开光悦寺，访问大河内庄（传次郎氏旧居）时，深入走进野野宫一旁的小路，这里还残留着嵯峨的竹林，也有东山君画里竹子的颜色。从这里的西山走向东边的诗仙堂，虽然山茶花花事已阑珊，但依旧映着美丽的夕阳和落照的余晖。

诗仙堂落霞灿烂，山茶花光映西山。

这里的"夕阳映西山"好，还是"面向晚霞"好呢？我不知哪一句合适。满树白花和古木巨树，没有进入冒牌俳句。东山君在《京洛四季》的《入夏》和《山崎边》两幅画中描写过竹林。今年秋天，我在京都听说过，由于一味开辟住宅用地，山崎、向日町一带的竹林被砍伐，"京都之味"

的竹笋产地也渐渐消失了。去年，从大河内山庄的传次郎夫人那里听说，岚山的几千棵松树任其干枯。我每逢到达这里，总是"看都满眼泪"。

几年前，我屡次对东山君说，赶快画下来吧，否则就没有了。趁现在京都还在，请务必描绘下来。我的愿望对东山君绘制《京洛四季》杰出的组画或许起到了一点儿促进作用。这是我的幸运、喜悦，是用言语无法表达净尽的。开始我对东山君说这话的时候，我在京都城里游逛，嘴里一直嘀咕"看不见山""看不到山"，心里深感悲凉。既难看又便宜的西式建筑陆续建筑起来了，从大街上望不见山峦了。一座看不见山的城市，我哀叹，这不是我的京都。如今，我已经习惯于看不见山的京都城了。但是，我今天仍然希望京都的原貌能够得以保持。《京洛四季》里东山君的众多画作，可以为我们担负起留住京都原貌的责任。《京洛四季》组画的诞生，既寄寓着我的夙愿，又存留着东山君日常的厚谊，故而我写了这篇随意的文章。东山君的很多画幅中，除高桐院外，还有其他我所经常造访的风景。尤其是《北山初雪》和《周山街道》，是我的有缘之地。东山君描绘的北山杉树丛，深刻而又亲切地印在我的眼里。还有，撰写此文的都饭店日本式房间，还有滨作的日本食堂是最近才熟悉的，这里的窗户面对东山，也就是比睿山。"东山如熟友，数见不相厌"，这是赖山阳的诗句。

　　熟友东山现，待得晓雾晴。

　　是"东山浮现"还是"东山隐隐"呢？不懂俳句的我又闹不明白了。黎明即起的我，每天早晨必定眺望《京洛四季》中的《拂晓·比睿山》。《京洛四季》之前的东山君的系列展是北欧，想不到我最近将要去一趟斯德哥尔摩，有幸为露西亚节的女王瑞典小姐点燃桂冠上的蜡烛，这或许来自我和东山君匪浅的缘分吧。东山君的绘画，自北欧之旅巨大的喜悦中回归故乡日本，那种依依难舍的温暖与高雅的清新自由的特色，这回在《京洛四季》中表现得最为鲜明。其间，他还为新皇居绘制了巨幅壁画，他的画作水平的精进为观众所目睹。

（昭和四十四年九月）

东山魁夷之我见

我出神地凝望着东山魁夷君的绘画,我沉浸于一种虔敬的心情中已经好些年了。然而,我更进一步深化此种虔敬之思,还是这次为撰写《东山魁夷》这篇序文,昼夜反复翻阅画家的套色样本,以及近百幅照片之后的事。

今年盛夏,我本该去意大利各城市参观古代美术展的,行前必须利用这短暂的时间为这部画集赶写序文,正在我担心辜负了东山君的恩义与信任而感到心烦意乱的时候,不巧身体出现了小毛病,随即取消了外国旅行。但还是动笔晚了,不过我认为这或许是一种幸运吧。我在病床上继续翻阅东山君的绘画,其后无论起卧都在继续着同样的日子。就这样,进一步强化了我的虔敬之念。这对熟悉东山君其人和他的绘画的我来说,是一种十分难得的幸福。

"我对东山君的风景画抱有虔敬的感动,我对作为现代日本风景画家的东山君抱有虔敬的感佩。"而且,我想用"虔敬"这个词儿结束我的序文。所谓虔敬之思,用言语很难说得清楚明白，只能是面对东山君绘画的人的一瞬间的绽放或渗入。如今的我，对东山君的风景画的虔敬，深深渗入了心灵之中。

谦虚恭谨的东山君或许对于"虔敬"之类带有宗教色彩或神圣化的高调赞词并不喜欢。我也不打算将东山君的风景画说成是宗教画，也不想用这一词语束缚东山君的腿脚。然而，当我半无意识地写出"宗教色彩或神圣化"这句话时，我便想到，东山君的绘画在如今的日本，难道不可以当作神圣的风景画看待吗？东山君的风景画在如今的日本，难道不可以当作宗教画看待吗？让我做出这种判断的例子，在这本画集里有的是。

当然，崇高的艺术都应该如此渗入人的灵魂深处，唤醒灵性，不可最后诉诸短时间的美感。正因为受到天才的鬼火般的警示和冲击，我所受到的感动的时间变短了。今日艺术的命数大体都变短了。我相信，东山君的风景画或可成为葆有永恒生命的现代绘画。我继续翻阅这部画集中的近百幅画作（尽管是彩色照片），而今进一步有所惊悟。其中之一就是东山君对于立意、技法和构图的非凡的独创。这是一种真正的非凡，而不是未到成熟之境硬性推出的非凡。这种非凡为爱所亲密滋润，洋溢着慈祥温柔的情感，将澄静的温情传达给观众。就是说，东山君已经沉醉于忘我的境地，将自然的表达和阐发，以及另一方面的个性的强化与圆满，加以整理、融合，成为自己的独创艺术。我实在惊叹于这种静谧、安然与润致的画面，以及内心无比的独创与大胆的构想。

近年来，爱好东山君风景画的人迅猛增加。爱好加深了敬慕，提高了对画家的尊崇。人们从东山君的风景画里亲身感受到了日本的自然，找出自己作为日本人的心情，沉浸于静谧与安详的慰藉中，体验着清净与慈爱的温暖。我相信，总有一天，东山君的风景画，比起今日将进一步被当作日本自然美的灵魂，东山君将被推举为日本民族古今最受尊崇的风景画家。这不是预言。我所说的虔敬之思，在看过东山君风景画的人们心里，早已存在并深深扎下根子，不是吗？

这部《东山魁夷》画集中的风景画，我连续看了一个月，心中随之浮现出日本古今的各种风景画。东山君的技法、构图是无与伦比的。简直是独一无二的独创。例如，关于新宫殿《黎明潮》的波浪,东山君这样说:"我查阅了自古以来众多波涛的表现和水纹图样,但我还是打算绘制不同于任何人的属于我自己的波涛。"(《一条道路》)这句满怀严肃的祈念和强烈自信的语言,东山君完美地实现了。谷川彻三氏也在画集《黎明潮》里写道:

"这确实是至今谁也不曾描绘过的波涛。西洋画里没有这样的波涛。我走访过欧洲各地的美术馆,记得有几幅波涛的名作。那些画面都是以描绘逼真为特色的写实性的作品。东方绘画自古都是用线描法表现波涛的一定样式,其中有的作为装饰性的表现技法至今使我们着迷。但这幅壁画一方面以写实为基础,一方面又超越写实;一方面保持充实的生命感,一方面又完成了独自的装饰性绘画的形式。画面里波涛的表现手法,在日本画的传统中树起一座纪念碑。"

东山君写道:

"由于壁面横向宽阔(注:宽约十五米,高约五米),描绘波涛可以实现宏大的构图。再说,波涛有动感,具有象征永恒生命感的声响。还希望有岩石。动与静相对照,起到收紧构图的作用。如果只留心于波涛和岩石,这就具备了完

成最简洁构图的良好条件。头脑中一旦产生如此的构图，我首先去看海。……寻找波涛和岩石。我有时为波涛和岩石写生，有时只是看看。我本来没打算将这幅壁画绘制成写实性的作品。当初只需要象征性装饰性的表现就行了。为此，我只想到必须观察大海和岩石，直到我觉悟为止。"

我久久面对大海、河流和瀑布，倾听波涛声、流水声和瀑布降落的声音。一旦进入"无我"的境地，明明是大海、河流、瀑布的音响，却忘记那就是海、河流和瀑布的声音，而成为大自

然的声音、广阔世界的声音,到头来,连自己也变成了那种声音。那就是静。东山君的大海、河流与湖泊的声音,不就是这种声音吗?微波不兴的小湖也有声音。树木、房舍也有声音。存在于东山君所有绘画里的温润,并非日本风土的湿度,而是东山君内心的温润。这种温润隐隐荡漾或含蕴着东山君慈爱而细柔的微音。我女儿说,东山君举办北欧风景画展时,《雪原谱》(昭和三十八年)广阔斜面之前的一排排枞树,仿佛是音谱,能听见鸣奏的音乐。

我有幸在东山君的画室里看到创作中的《黎明潮》,也看到了装饰在新宫殿墙面上的壁画。在完成这幅画的昭和四十三年,举办了众多幅海和岩石画作的纪念展,这些图版加上东山君的照片，出版了画集《黎明潮》。这本书使我相当详尽地了解了东山君绘画的创意和态度。不仅如此，在这册画集里，不少画是有作者附言的。再加上《我遍历的山河》（昭和三十二年）、《和风景的对话》（昭和四十二年）等著作，还有这册《东山魁夷》的后记《一条道路》，这些都是东山君的自传、人生观、美术论、自作自解的明澈、纯正而沉稳的名文。

他在北欧之旅中，写了纪行文《白夜之旅》（昭和三十八年），在德国与奥地利之旅中，写了纪行文《马车啊，慢些跑》（昭和四十六年），这些文章都是充满生动而欢快的喜悦和幸福的美文，是无可类比的外国旅行记。例如，我读了《马车啊，慢些跑》，也想沿着东山君所走过的道路做一次德国之旅呢。

东山君虽然是个谦逊而严谨的人，但在自作自解中，并不随便贬损自己。他用诗一般的语言谈论作画的动机、方法、旨趣与感兴，洋溢着生命的欢欣。这些话真实而恺切，有时揭示了深心的奥秘。因此，人们都被作者的语言所魅惑、所俘虏，要想超越而前进，那是很困难的。例如，他在

《森林与湖泊之国》（东山魁夷北欧画展）里写道："我要用具有天空与水色两个月亮的风景结束我的画集。"在《两个月亮》（昭和三十八年）这幅画中，画面中央横过一道笔直的湖岸，针叶树几乎不分高低地排列着。而且，比起树木与影像，天空和水面更加广大。正如东山君所言，这些"芬兰随处可见的风景"，反而深藏着超凡而大胆的构想。"美丽的白夜。……虽然早已临近夜半，但却依旧像傍晚一般明亮。澄澈的风景就在我面前。镜子般的水面，不折不扣地映照着针叶树的影子，黑魆魆连绵一片。接近外海的港湾一带，飘荡着白雾。终日鸣啭的小鸟，也都睡着了吧。这是静寂和净福超越一切的夜晚。月亮有两个。清冷而又沉稳的月光。"这"净福"一词中的东山君，也是我的源泉。今年夏天我病了，心情枯寂，惆怅而郁郁不快，我每天阅读东山君的绘画与文章，结果病也好了，身体也健康了。

在这册画集里，我看到了三四幅东山君绘制的银白的月亮飘浮于中天的画面。《两个月亮》中的月亮几乎都是圆的。《冬华》《月唱》《花明》和《月出》等，画面中银白的月亮都是圆的。还有，《冬华》（昭和三十九年）广袤的

上空"雾气中放出钝光的太阳",看上去也像银白的满月,是"梦幻的"。"雾凇中的树木,展现着半圆形的枝条,犹如白珊瑚一般。"太阳的钝光,"面对树木的半圆形,形成半圆的色调定型于银灰色之中"。梦幻般的淡薄的色调,在日展会场里会不会显得太暗弱了呢?东山君曾沉迷于黝黑的《夜,月和雾凇》,"想画的是冬日清澄的静寂感"。"所谓作品的强弱,绝不在于色调、构图和绘制方法,而在于笼罩其中的作者强烈的激情","归结于洁白与银灰色的画面之中"。

例如,东山君在日展这样的大会场里,写道:"我来展出,只希望战后在那面墙壁上仅仅保留我的孤独的场面。倘若以斗争为先,我所持有的世界就将崩溃。……处于竞争的作者群里而只看重自己世界的态度,同自己作战,可以说是很不容易的。"东山君的展品,不用说没有"竞争"二字,画面上也没有留下"同自己作战"的词语。然而,一旦来到犹如上班时交通混杂的会场,我就被东山君的"场"吸引了,驻足观看,一颗心一下子沉静下来了。呼吸安然,身心也获得休憩。不过,像我这样的人很少。

作为战后的起步,从东山君那幅《路》(昭和二十五年)的名作上,我想起成为新文化国宝的岸田刘生的《掘通的写生》那幅绘画。承蒙画商的好意借给我几日,观赏之中,我想这不就是虔敬、慈爱的佛画吗?刘生的《掘通的写生》和东山君的《路》放在一起,我还是喜欢《路》。《路》有着不可思议之处。这篇序写了一半,出于认真,我又到东京近代美术馆看了东山君的绘画,最不同的就是这幅《路》。原作《路》远比这册彩印画集里的更加绵远悠长。就是说,路有悠长的距离。但是,回家再看看彩印画集,画面上的路不也同样绵远悠长吗?

近代美术馆的"新收藏作品展示"里,展出了《黎明潮》六分之一和二十分之一的草图、写生以及东宫御所的《日月四季图》的小幅草稿,此外还展出十幅代表作,也看到了《秋风行画卷》(昭和二十七年)。这幅风景抒情诗画卷,细致而幽婉的笔触,鲜明而纯真的色彩,使得我被作者慈爱的河流和生命的激情所吸引,不由得泛起了故乡之思。《残照》也将我拉回到自己少年时代心灵的故乡之中。夕暮的天空邈远无边,山峦襞褶重重。东山君就《残照》这幅绘画写道:"我坐在阒无人迹的山顶草原上,眺望着光与影时时刻刻微妙的变化,身处冬日里一眼望尽九十九谷的山上,深深感觉到,天地万物的存在,紧密凝结于、活跃于无常之境的宿命之中。"

幼小的时候,我住在乡下,出外旅行,也只是徘徊于田埂、河岸、海边,或独自一人长时间待在山顶上,或蜷伏,或躺卧,漫不经心地观望景色。有时睡着了。小学生的我,为观看日出日落,独自登上村后的小山,那究竟处于一种怎样的心境,成年的我不很清楚。然而,《残照》以外东山君的风景画依然诱发着我的怀旧与乡愁。我也不想失去初心,东山君的风景画直接唤醒了我的夙愿。

"以往,我不知有过多少次的旅行,今后,我还是要继续旅行下去。"东山君在《和风景的对话》开篇中写下这样的话。所谓旅行,"是将孤独的自己置于自然之中,以便求得精神的解放、净化和奋发吗?是为了寻觅自然变化中出现的生之明证吗?生命究竟是什么?我在某个时候来到这个世界,不久又要去另外的地方。不存在什么常住之世、常住之地、常住之家。只有流转和无常才是生之明证"。生也好,死也好，还有"目前正这般地活着"，明确地说，"并非靠意志而活着"。"……我的生命被造就出来，同野草一样，同路旁的小石子一样，一旦出生，我便想在这样的命运中奋力生活。""基于这种认识，总会获得一些救赎。"东山君在《我遍历的山河》《和风景的对话》《一条道路》等文章中亲笔写道，从幼年到青年时期多病，家庭贫困，精神和生活受挫，苦恼、动摇，"艺术上长期而痛苦的摸索，战争的惨祸。我忍耐着度过这些艰难困苦"。"对我来说，也许正是在这样的遭际中才捕捉到生命的光华。"这固然是"凭靠着坚强的意志"，以及积极的努力，"但更重要的是我对一切存在抱着肯定的态度，这种态度不知不觉形成了我精神生活的根柢"。还有，"一种谛念在我心中扎了根，……成为我生命的支柱"。

有着"生命的光华""对一切存在抱着肯定的态度""净福"等词语的东山君，关于《残照》，他这么说："天地万物的存在，紧密凝结于、活跃于无常之境的宿命之中。"他在谈论《冬华》的时候，说："作品的强度绝不在于色调、构图和技法，而在于笼罩心头的作者的坚强意志。"但是,《冬华》的色调、构图、技法,都是微妙、优雅的独创,"梦幻""清澄""静寂"等,表达了东山君的内心,飘荡着幽玄的气氛。银白的满月般的太阳下面,只有一棵沾满雾凇的半圆的大树。如此的构图,是和《京洛四季》中的《花明》(昭和四十三年)相同的。《花明》只有一棵盛开的夜樱,占领着半圆的画面,天上的满月,笼罩着朦胧的月晕。《冬华》表现冬的严酷;《花明》具有春天的柔情。但在东山君身上,始终是贯穿一致的。那就是装饰性、象征性和构图的匀称等。

构图左右匀称,在东山君的绘画中是颇为常见的,昭和二十年代的《路》,经过《光昏》,到三十年代的《秋翳》《青响》《雪降》《森林的絮语》,四十年代的《月篁》《年暮》等虽然也有,但更为显著的表现,则被北欧系列绘画所继承下来,例如《映像》《仰望菲特列堡》《微波》等。京都系列(昭和四十三年)对此也有所继承,例如《夏深》《夕凉》《年暮》等。并且,在这些北欧风景画和京都风景画之中,由于重点绘制了水面上的"映像",构图时也考虑到上下匀称。匀称这一说法,同我对于风景画的感受虽然不甚符合，但也只好叫匀称了。从东山君匀称的构图，或许可以窥见东山君一向祈求灵魂的静安与平衡之一端吧。

东山君为何喜欢描绘映在水面上的影像呢？我只能说，那里有映在水面上的风景，而且很美丽。由于水的映照，风景总是伴奏着幻想和象征，表现出微妙的韵律。《两个月亮》澄寂的"净福"，来自静寂水中的映像。尤其是以《映像》为题的绘画，东山君本人也说，"完全一模一样的风景，一旦上下紧密结合，已不再是熟悉的风景，而变成超现实的世界"。而且，"看起来，只是一派清澄而静静呼吸着的风景"。其中，"能够寻找出北国特有的神秘的世界"。还有，《细波》的倒影确实像微波的样子，不住地晃动，奏出纤细的韵律；京都《夏深》的倒影鲜明；《夕凉》的倒影柔润。《青宵》中的小岛映着水面，这幅画给人一种可爱的花朵的感觉。

例如，《早春的鹿囿》《青青湖沼》《白暮》（北欧系列）等绘画中的大树林，都是利用水中倒影，增添了音乐的诗情。东山君题为《树魂》的那幅画，画的也是鹿囿森林里的大树。在《京洛四季》里，有青莲院门前的《经年老树》。《树根》（昭和三十年）中描绘了"错综的榕树之根"，东山君亦称之为"潜隐于心灵深处的怪奇之物"。树根的姿态的确怪奇错综，呈现妖异之状，但东山君仍然在其粗犷荒暴之中窥见平和的阴柔，静静地表现出"生命力的强大"。三四十年前，我凭借一本日本古老树木的图鉴走访各地。面对五百年或一千年前的巨树，要问我是否只是慨叹人命之短促，那也并非如此。

关于《映像》的构图，东山君说："一条直线横切画面中央，描绘了实像与虚像的对照。"关于《黄耀》（昭和三十六年）的构图，东山君说："画面展现着明丽叶片的黄叶树，与黯淡高耸的杉树相对照。"色彩鲜明的对照，将画面左右分开。《映像》匀称，《黄耀》《山谷红叶》等，不就是打破均衡的均衡吗？"三角形的红叶山，薄阴的天空等，利用这种单纯画面的对比与分割的构图"，不也是破格的均衡吗？从《晚照》（昭和二十九年）、《暮潮》（昭和三十四年）等绘画里，也能窥见东山君独创的绘画构思以及技法所带有的阴翳感。

东山君为丹麦的森林树木作写生时，"已经忘记这里是远离日本的异乡"。享受着故乡般的"安谧与静息",洋溢着生命的泉水,如此的北欧四国之旅,产生了新鲜而富饶的作品。我感到,北欧的自然,仿佛是在为等待东山君这位日本风景画家而存在。然而,如今通观东山君的画作,北欧绘画依旧属于北欧。北欧固然是东山君遍历途中幸运的邂逅,但显而易见,自昭和三十八年北欧风景展以来的将近十年间,北欧一直包裹于东山君这位日本风景画家的心底里。

"北欧旅行归来,"东山君写道,"这回我要凭借生涯中最大的热情,深深体味一下京都。"他完成了《京洛四季》的系列组画。京都是日本人东山君思慕和憧憬的故乡。但是,对旅人东山君来说,仍然是遍历之路上的一座驿站。不久,东山君将要去年轻时代留学的德国、奥地利旅行,寻求青春的记忆。因此,东山君不久将变得更加亮丽、年轻,风姿翩翩。只是,东山君的旅行,不是放浪与漂浮,而是去接纳巡礼的故乡,找回初心和忘我的真心实意、饱享幸福的旅人。行旅中新鲜的"遍历、乡愁、返里的圆周运动","不是自我意识的行为,而是自然的巡游,只能是一面行走,一面思考"。东山君说,通过少年时期对自然的观察,眼前的万象看起来只是"永远描绘着生成、衰灭的圆周"。我认为,只有通过"一切自我放掷",才能"直接观察到根源性力量的实际存在",不是吗?

东山君发现京都的自然、风景,并描摹下来。可以说,有了京都的自然、风景,并等待着东山君的到来,双方相会,便产生了绘画。然而,东山君作画的用意、专心和持之以恒,非寻常人可比。这是非常明确的事。各方面拿捏得极为周到。另一方面,时刻变化着的自然的瞬间的美也改变了。例如,《京洛四季》中的《北山初雪》,住在北山的几位林业家见了,认为如此令人感动的雪景一年只有一次或两次,而且时间很短。大家齐声赞扬道,真是给及时抓住了。描绘月夜竹丛的《月篁》和新宫殿的大壁画,以及《京洛四季》都是"几乎平行"地画的,"波涛的图像还有这幅月篁,虽属于对跖的表现,但我以为却深深结为一体了"。他这么说。

《京洛四季》末尾一幅画是《年暮》,是一边俯瞰京都风格的老街上成排的房舍,一边执笔描绘下来的。雪片飞扬,此外,令人联想到岁暮临近的夜空,一派寂静,笼罩着慈爱之情。东山君在北欧旅行中也描绘过街衢和民居,描绘过古老的家具店和古老的招牌。在德国旅行中，描绘过窗户，表现了朴素的生命的欢乐以及温润的情爱。东山君在德国游记的文章里，对施特德尔美术馆这样描写："越是追求人的深沉的罪愆与深刻而酷烈的苦恼，就越是需要保有一副纯净和优雅的姿态。"我本来只打算对东山君风景画的"虔敬"与"净福"简要地略做描述，不想竟然写得如此冗长。这也是有原因的。为了在东山君的风景中，"为步入者寻得一份静息……"

（昭和四十六年十一月）

东山魁夷的《晚钟》

巨大的寺院，将其姿影沉浸在逆光的黑暗中，耸立于夕影遮蔽的弗莱堡大街之上。

高高的尖塔，垂直地将缓缓起伏的遥远的地平线截断。

几条光束，透过镶着金边的云隙漏泄下来，直接照耀着塔峰。

我和妻子从街后的城山面对着一派崇高而严峻的风景，无言地伫立不动。

东山君在德国、奥地利游记《马车啊，慢些跑》以及画集《东山魁夷》后记《一条道路》中写道："同法国毗邻的国境上的城市弗莱堡，具有哥特式建筑式样的美丽尖塔的大伽蓝，高耸于夕阳之下。"

这幅令人感动的绘画就是《晚钟》。我近来越发感觉到，东山君的风景画，在飘溢着静寂、慈心和温润的气氛里，笼罩着虔敬和净福，这幅《晚钟》尤其明显。尖塔屹立于城镇之上，截断地平线，刺破青天。晚钟的音响自塔尖扩展开去，抑或地面上降下了安息的暮色吧。房舍都很低矮，远景山峦的棱线相当平缓，但也不是偶然的。画面正中的大寺院，尤其是尖塔造得十分庄严。

斜阳掩藏在积云内，飘荡着微妙的暮光，仿佛用纯净的憧憬之色庄严地包裹着尖锐的塔顶。季节是北欧嫩叶扶疏的春天，由于是在东山君笔下，不用说傍晚城镇的色彩，就连

石砌的威严的塔也具有柔和之色。

《晚钟》是以大伽蓝为中心的城镇鸟瞰图,由此我想起《京洛四季》组画中的《年暮》。冬雪飘落在京都街道的房舍群上,岁暮即将临近。昭和四十三年,东山君完成新宫殿的大型壁画《黎明潮》,同年,将"京都作为心灵故乡"所描绘的系列组画,举办了"京洛四季展"。接着第二年,出发到德国和奥地利旅行。东山君说他在德国"确立了第二故乡",还说过"我回来了"的话。

东山君美校毕业后,随即在德国留学。四十年后再访,也是再次同青春相会。正如昭和三十七年北欧四国之行硕果累累一样,这次旅行中的创作同样收获甚丰。例如,画集《窗》中绘画的爱与色彩之华丽,不就是对年轻时代深情的回忆吗?

回头再说弗莱堡,位于德国西南端,邻近法国、瑞士国境。就像攀登舒瓦茨维尔特山岳地带的大门,中世纪美丽的哥特式城镇,是一座古老的大学城。《晚钟》画面上的石造大伽蓝的尖塔,据说建筑于"一二七〇年至一三〇一年",堪称德国哥特式建筑美的代表。不过,我们来这里,只是为了欣赏东山君的绘画。

（昭和四十六年十一月）

东山君的窗

由于人生邂逅的恩惠，我每每有幸为东山魁夷君的画集、版画集，还有文集撰写序文。然而，我首先怀疑的是，我是否够格做这样的事。面对题目一时犯起犹豫。写完后，总觉得未能对东山君的绘画或东山魁夷这位画家做出尽善尽美的描绘，以便给人留下深刻的印象。我总是为此而深感悔恨。我只是一个默然面对东山君的风景画，看也看不够的人。或许这就是我所能做到的。我并不奢望凭借我的语言和文章能够完美地描述东山君的绘画以及东山君这位画家。我为之担心、危惧、瞻前顾后，时时记挂着是否有人认为我对东山君已经有所描述了。自己阅读自己的文字时更是如此。因此，反而越发觉得我写的东山君，没有超出平凡的常识，仅仅停留在普通的观点上。

但是，我已做出这样的考虑和说法，就想到美术作品的解说以及评论，多半就是这样的，不是吗？我有好多场合，不太喜欢文艺作品的解说。我爱美术品，但我对撰写美术评论抱着自戒和禁止的态度，尽量以此约束自己。我没有目之所视、手之所玩，然后将感想付诸语言的本领。我也不想为培养这样的能力而失去不使用语言的快乐。我之所以屡屡为东山君的绘画写文章，全是仰仗着东山君的厚谊。东山君的知遇之恩长达十数年。那些岁月，总会有东山君的哪幅绘画悬挂在我家某间屋子的墙壁上。只要不外出旅行，没有一天看不见东山君的绘画。日日亲近，已经司空见惯，一如古今优秀画家的作品。仿佛随时能够发现新的画题。

不久前，我就东山君的德国之旅的近作《晚钟》，写了一篇短文发表在报纸上。德国最美的哥特式建筑、大伽蓝高高的尖塔，耸峙于画面中央，那是弗莱堡城镇黄昏时的暮景。夕阳的光芒从横曳的云层上漏泄下来，放射着朦胧的金色光亮，平添一层清净与虔敬。尖塔是中心，东山君让我到他家里观看《晚钟》的大幅原作，又把作为草图的写生画借给我拿回家参考。原作在轮廓、色彩、明亮度方面，似乎更加强烈、鲜明。我由此联想到西方净土来迎图。也许这是我日本式的稍稍过多的联想吧。然而，写完那篇短文之后，接连几天在家中观看《晚钟》的草图，尖塔和夕照首先进入眼帘。其余，对于下面暮色苍茫的街道房舍细致入微的描摹，使其美景次第渗入我的心间。从而，我对东山君风景画安谧而宁静的风格留下更加深沉的记忆。

东山君在德国、奥地利游记散文集《马车啊，慢些跑》中写道："弗莱堡大寺院的尖塔建筑于一二七〇年至一三〇一年，是一座高达一百一十六米、巧妙地保持均衡的建筑。尤其是圆锥形的尖头屋顶，石雕玲珑剔透，简直就像玫瑰窗一般美丽。"东山君一到弗莱堡，立即去附近的法属科尔玛观看了伊森海姆的祭坛画。这幅描绘磔刑的凄惨和降诞的祝福互为表里的祭坛画，使得东山君十分感慨，认为这是"德国绘画史上最高的杰作"，也是"世界绘画史上最高的杰作之一"。他联想到"彻底的追求性、神秘性，'通过苦恼走向欢欣'的德意志民族的精神"。觉得"这种降诞场的神秘的音乐构想，是真正的法悦"。看罢祭坛在回去的路上，自黄昏的山丘眺望弗莱堡城，即是《晚钟》所描绘的

景色。东山君也登过这座塔，当时看见一群二十几个孩子，在女教师的督促下，向守塔老人道谢，一道唱歌安慰老人。那种"情景很温馨"，东山君在《马车啊，慢些跑》以及德国、奥地利写生画集《窗》的附录文章中都提到过。

最近，集英社要出版东山君的大型画集，请我撰写序言，担当责编的横川氏硬是要求我用四百字稿纸，全文不少于二十页。我当时对他说，大凡序言，尤其是画集的序言，涉及东山君绘画的解说与评论，我抱着慎言的态度，表示最多写三四页。这期间，横川氏猝然离世，一直热心于画集的他所说的二十页成了对我的遗言。本打算写足二十页，谁知竟然超过了三十页。这么一来，关于东山君似乎膨胀到可以写成一本薄薄的小册子了。假若如此写下去，其中一半只能引用东山君自己的原文。那很容易。写满三十页，使我最感痛苦的是，如何减少引用东山君的原文。东山君对自己，对自己的绘画作品，早就写下了明白晓畅的美文，要是叫别人写起来，总得多少与他有些不同，多少要能超越他。但那是很困难的，至少我无能为力。不过另一方面，过分附和或过分服从于作者本人的语言，那只能是无能加冒险。东山君本人是不干这种危险的事的。

思来想去，踌躇不定，最后我在东山君版画集《在古镇》的序言中，重点围绕北欧自然与东山君这位画家邂逅的幸福而着笔。集英社版大型画集的序言很长，出于无奈，好歹说了些无用的话，但仅有一件事藏在我心里，没有写进文章，那就是东山君的风景画不流于表面、深藏于内心的缜密的魅力，穿越精神的苦恼与动摇后的净福与虔敬。即便在回归青春喜悦之态的彩色画集里,例如那座班贝格大教堂的栏杆、《夕阳》前景的树木枝干等优美的装饰风格中,也能看出一种"魔性"的东西来。

(昭和四十七年一月)

1968年度
川端康成荣获诺贝尔文学奖
授奖式欢迎辞

瑞典学院常任干事

安德斯·艾斯特林

一九六八年十二月十日

陛下

阁下

女士们

先生们

  本年度诺贝尔文学奖受奖者是日本的川端康成先生。他一八九九年生于工商业大都市大阪,父亲是具有高度教养的医师,对文学也很关心。但由于父母早逝,川端先生自幼失去良好的教育环境。他成为孤儿之后,就同住在郊外、体弱多病、双目失明的祖父一道生活。从日本人尤其重视亲族血缘关系这一点来看，这种悲剧性的双亲亡故，具有双重的重要意味：这一事实无疑给川端先生整个人生观以影响，也成为他后来研究佛教哲学的一个缘由。

川端先生早在东京帝国大学学生时代，就立志要当作家。全力以赴，锲而不舍，这就是把文学作为天职的条件，川端先生就是一个典型的例子。二十七岁时，他首次发表为人们所注目的青春短篇小说。先生在作品里讲述一个学生的故事。这位主人公独自一人到秋天里的伊豆半岛旅行，邂逅人人厌弃的贫穷舞女，遂堕入令人怜惜的恋情之中。舞女展露出纯情的内心，以至于向青年表示深深的纯粹的爱。犹如满怀悲情反复吟唱一首民歌，这一主题在先生以后的作品中以各种形式多次出现。川端先生通过这些作品表达了自身的价值观。而且，长年以来，名声超越国境，远播海外。实际上，在他的作品中，只有三部小说和数篇短篇被译成几种文字。这不仅因为要想准确翻译出来实为不易，还在于翻译是一种网眼很大的过滤器，使用这种过滤器，势必会丧失作家各种极富表现力的微妙的表达。不过，迄今翻译的先生的作品，充分传达了浸染着作家个性的典型的画像。

同已故的先辈谷崎润一郎先生一样，川端先生虽然明白无误地受到欧洲近代现实主义影响，但又忠实地涉足于日本古典文学，明显地表现出纯粹拥护、维持日本传统样式的倾向。川端先生叙事的技巧中，显现出词语具有的纤细差别的诗意，其来源可以追溯到11世纪日本的紫式部所描述的生活与风俗的庞大的画面。

川端先生作为微细观察女性心理的作家，尤其受到赞赏。他这方面的卓越才能，在两部中篇小说《雪国》和《千羽鹤》中得以展示。在这些作品里，我们可以发现作者寄予妖艳的插话以光辉闪耀的非凡才能、纤细而敏锐的观察力，以及具备精妙而神秘价值的编织技巧。有些方面常常超越欧洲的描写技法。川端先生的文章令人想起日本画，这是因为，他热爱纤细的美，并且赞赏那些充满悲悯的象征性语言，这种语言表达了自然生命与人类宿命的存在。如果能将出现于事物表面的行为之无常，比喻为漂浮于水面的水草，那么，可以说川端先生的散文里，反映着作为纯粹日本微细艺术的俳句。关于日本人传统的观念和本质，我们一概未知,似乎不可能接近他的作品的核心,然而一旦阅读他的作品,就会觉得在某些方面同西欧近代作家的气质相类似。关于这一点,作家屠格涅夫首先浮现于我们的心目之中。这是因为屠格涅夫也是一位极富感受性的作家,他身处新旧世界交替的关头,运用伟大的才智,以厌世主义倾向,详细描写了社会。

川端先生的近作《古都》,也是最应注目的作品,写成于六年之前,也被翻译为瑞典语了。这里简单说明一下情节:遭到贫穷的父母遗弃的女婴千重子,被商人太吉郎夫妇拾来,按照日本古老的规矩被养育成人。千重子是个多愁善感、认真诚实的姑娘,她暗暗对自己的出身秘密怀疑起来。据日本民间流传下来的迷信,被遗弃的孩子命运不济,千重子又是孪生姊妹,更多背负着一层耻辱。一天,千重子在京都郊外巧遇北山杉地区出身的一位年轻貌美的姑娘,她发现这位姑娘就是自己的孪生姊妹。勤劳健壮的苗子和娇生惯养的千重子,超越社会身份悬隔,逐渐亲密地交往起来。但是由于两人的相貌惊人地相似,出现了各种错综复杂的场面。作者选取京都作为整个故事的舞台,描绘了一年四季节日的情景。自樱花盛开的春日，到白雪闪亮的冬季，一年之间，京都城本身成为主要登场人物。京都曾是日本首都，是天皇及其臣下居住的地方。即使千年之后的现在，依旧作为不容侵犯的浪漫的圣域保留下来，成为艺术与技艺精湛的能工巧匠的发源地。今日，京都又成为旅游城市为人们所喜爱。神社佛阁、能工巧匠们居住的古老的街衢、庭院、植物园等风景，川端先生都不过分感伤地加以描写，手法动人，目光敏锐，作品中洋溢着诗的情趣。

川端先生体验了日本决定性的失败，似乎认识到，为了复兴需要进取精神，需要发挥生产力和劳动力等。战后，纵然处于强烈美国化的浪潮中，川端先生通过作品，以平和的笔调呼吁大家，要为新日本保守古老日本的美与个性中的某些东西。这一点在阅读作品时也可以感受到：即便在描写京都宗教仪式的时候，或者在选择传统和服腰带图案的时候，作者都努力使得文字精到细致。作品里描写的种种情景，即便作为记录，也是贵重的资料。不过，有的读者也许喜欢注目于极为特殊的方面，即这一段内容：美国驻军在植物园内建立厂舍，长期关闭园门。植物园一旦重新开放，中产阶级的市民就前来观看，那片优美的樟树林荫道，是否还像原来一样，完美无缺地保存了下来。今日是否还会继续使那些熟悉林荫道的人睁大眼睛瞠目而视。

川端康成先生受奖，使日本初次成为诺贝尔文学奖受奖国的伙伴。这个决定本质上有两个重点：其一，川端先生运用卓越的艺术手法，表达了道德伦理的文化意识；其二，为架设东西方精神桥梁做出了贡献。

川端先生。

这份奖状奖赏您凭借杰出的富于感染力的小说技巧，表现了日本人心灵的精髓。

今天，我们高兴地在这座讲坛上，迎接您这位光荣的远来的贵客。

我代表瑞典学院，衷心表达我们的祝福。同时，请您接受国王陛下亲自颁发的本年度诺贝尔文学奖。

（根据武田胜彦日语文本翻译，原书为《诺贝尔奖文学全集16 川端康成卷》，发行者《主妇之友》，1971年1月5日）

译后记

　　川端康成关于散文随笔的写作，种目繁多，题材各异，但总的主题体现着一种独特的日本美意识和东方美学意趣。这些文章所歌咏的不外乎自然美、人情美和艺术美。早年的川端出身孤寒，亲人早逝，世道之严冷，人生之凄苦，使之养成离群索居、沉默寡言的性格。青年时代寄情于第二故乡伊豆半岛，放浪于自然风景之间，向天地万物索取温暖与爱情。他曾在伊豆半岛住过三年，走遍了那里的山山水水，后来即使结婚成家，安居于镰仓长谷，也还是常去伊豆游玩、会友和写作。他将那里作为文学的舞台，写下了众多散文佳作。

散文是情感的文学，没有人情是写不成散文的。川端几乎每一篇散文都是丰沛情感的流泻。他总是通过平静的笔墨一边谈论艺术，一边抒发感情。行文峻厉冷艳，感情真挚灼人。

作者性格沉默寡言，他的文字也是以简劲见长，组词造句时有跳跃，既没有谷崎润一郎那种反反复复的描摹与吟味，更没有三岛由纪夫那种洋洋洒洒的阐述与论证。清丽素洁，庄雅明媚，一如雪园青竹，冬夜枯桐。

不久前，花城出版社欲将川端散文介绍给童稚少年读者，把部分篇章做成插画版本。这想法甚好，我非常赞赏。希望我们可爱的小读者们能够喜欢，并提出改进意见。

译者
2022年6月

感悟文学魅力
阅读陪伴成长

智能阅读向导为您严选以下专属服务

本书定制内容
- ☆ **走近作家**：了解作家生平信息，感悟作家作品魅力。
- ☆ **阅读方法**：阅读方法轻松学，学会读书效率高。
- ☆ **名言积累**：精美名言卡片，积累素材提升写作水平。

趣味拓展
- ☆ **知识闯关**：诺贝尔百科知识挑战赛，等你来闯关。
- ☆ **趣味拼图**：趣味拼图游戏，把精美插画带回家。

智能阅读工具
- · **阅读笔记**：在线分享读书心得，培养阅读好习惯。
- · **好书推荐**：好书推荐，精彩好书一触即达。

扫码添加
智能阅读向导